Luisa Valenzuela

NOVELA NEGRA
CON ARGENTINOS

EDICINES
del N RTE

Primera edición, 1990

Portada, Holly Black

Agradecimiento:
Cino años me llevó completar esta novela iniciada con una beca de la Fundación Guggenheim, a la que estoy profundamente agradecida.

L.V.

NOVELA NEGRA
CON ARGENTINOS

a Bolek Greczynski

I

1.

El hombre —unos 35 años, barba oscura— sale de un departamento, cierra con toda suavidad la puerta y se asegura de que no pueda ser abierta desde fuera. La puerta es de roble con triple cerradura, el picaporte no cede. Sobre la mirilla de bronce puede leerse 10 H.

La acción transcurre un sábado de madrugada en el Upper West Side, New York, NY.

No hay espectadores a la vista.

El hombre, Agustín Palant, es argentino, escritor, y acaba de matar a una mujer. En la llamada realidad, no en el escurridizo y ambiguo terreno de la ficción.

Dentro del departamento queda una mujer muerta, asesinada por él porque sí, en un gesto impensado que completa quizá el melancólico gesto de esa tarde de otoño cuando entró en una armería para comprar un revólver. Calibre .22, a penas.

Un motivo tenía, sin embargo, para dirigir sus pasos a Little Italy y comprar el revólver. Ninguno para acercarlo a la sien de la mujer y disparar.

Estas nociones, percepciones, se le van dibujando mientras baja por las escaleras con sigilo. Sabe que no puede hacer subir el ascensor hasta el piso del delito, sabe o intuye que no debe dejar rastros. Sabe también que existe el peligro de cruzarse con alguien: tendría que darse unos minutos para recomponer la mirada. Una mirada de terror imposible de aplacar. Con nadie se cruza a las tres am de esa noche lluviosa, nadie por las escaleras de ese edificio de gente formal, formal como la del 10 H o al menos así lo cree un asesino que con infinito sigilo baja por las escaleras.

Esta frase sí se la formula con todas las palabras: un asesino que con infinito sigilo.

No es él, asesino.

No puede ser él. Podría tratarse de un personaje cualquiera de novela barata, o un actor de pacotilla totalmente ajeno a él. Siente un espasmo a punto de resolverse en vómito. Se dobla en dos, ve desplegarse la escalera a sus pies, cree que rodará hasta el corazón mismo de la tierra, hasta el fondo de las más remotas cloacas subterráneas; logra contener el vómito y enderezarse. Llega a los tumbos hasta el piso siguiente. No le queda más remedio que tomar al ascensor a riesgo de ser visto. Peor sería dejar su marca de vómito, más tarde podrían encontrarlo por el contenido de su estómago, las huellas de su bilis, sus jugos gástricos, todas las repugnantes intimidades de su cuerpo señalándolo como dedo acusador. Los dedos. Aquellos que cierta vez aparecieron en el basural a la vuelta del cuartel. En otro país, otro tiempo, otra vida, otra historia; no permitirle el paso a esos recuerdos.

Ya en el ascensor puede alisarse la tupida barba, recomponer su aspecto. Puede ajustarse la corbata, esa defensa del porteño contra el desajuste de una ciudad demasiado desconcertante, esa posibilidad de ahorcarse un poquito cumpliendo a diario la condena.

Al abrirse las puertas automáticas se obliga a poner un pie delante del otro para salir del pequeño ascensor y enfrentar a algún probable cancerbero. Avanza con paso más o menos seguro para no llamar la atención a horas en las que todos deberían de estar durmiendo, con un sueño no tan profundo como la del 10 H, no, naturalmente no tanto como ella allá arriba en la despiadada noche, abandonada a su suerte.

Agustín Palant. Al salir del edificio se sintió casi a salvo, pero ni tiempo de respirar a fondo tuvo. Una voz le gritó encima

—Hey, man! Por qué me atropella. ¿Nada más porque soy negro me atropella?

—Yo no, no señor. Sólo quiero respirar, el aire frío.

—Yo también tengo derecho a respirar, hijo de puta. Usted me quita el aire. Me atropella.

El borracho siguió por West End Avenue gritando obscenidades, y Agustín Palant sintió que las piernas ya no le respondían. Tuvo que apoyarse contra la pared y pensó que mejor sería entregarse, no más. Irse entregando poco a poco, miembro a miembro, empezando por las piernas que se negaban a seguir siendo cómplices de ese cuerpo que con tanta pasmosa inesperada facilidad había suprimido a otro cuerpo.

Un bello cuerpo de mujer, el otro. Una joven actriz actuando ahora su papel de muerta, tirada sobre la alfombra de su propio dormitorio, con un agujero en la sien, quizá ya desangrada. Seguro. El no había podido bajar los ojos para mirarla. Sólo oyó el estampido tan inesperado de ese tiro que todavía le retumbaba en la cabeza. A él. Una explosión más en la ciudad explosiva, un tiro casi a quemarropa porque no se le puede pedir a un .22 que mate de lejos. ¿Pedirle que mate? ¿Y por qué? Sobre todo a esa mujer que no le había hecho nada malo, más bien parecía dispuesta a hacerle todo el bien del mundo.

Había matado a una desconocida porque sí, sin el menor motivo. Algo inconcebible. Si hasta daban unas ganas locas de reírse, y estuvo a punto de hacerlo y sin querer se rio no más. La risa le fue manando sin control, una carcajada interminable, finita en un principio, creciendo en llamaradas como un fuego que se expande por el bosque y devora los árboles de un chasquido y lo va calcinando todo. Carcajadas de carbón que lo tiznaban también a él, debilitándolo, las piernas convertidas en trapos, cediendo bajo el peso del cuerpo, y el frío de la noche lacerándole los pulmones al aspirar una nueva bocanada de aire que le permitía seguir riendo como loco.

La desesperación le hizo soltar las lágrimas. La desesperación y la risa y el dolor que sentía por esa pobre mujer que acababa de matar y sentía también por sí mismo, pues con esa muerte gratuita moría a su vez un poco. O moriría del todo. En la silla eléctrica.

Acuclillado estaba contra una pared, entregado. De golpe avistó en la vereda de enfrente a un policía que lo miraba sin benevolencia. Acabarían llevándolo preso por vagancia, qué infame manera de desencadenar el desastre. Decidió que así no. Decidió que en lo posible se protegería, aunque fuera ya demasiado tarde. Las piernas, que le respondan, carajo. Obligarlas a tensarse, a ponerlo de pie. Empezar entonces a dar unos pasos, penosos, tambaleantes, como si fueran los primeros. Resistir sobre todo la tentación de treparse a un taxi; alejarse de allí sin aspavientos, sin dejar huellas ni testigos, en lo posible.

Necesitaría desaparecer en el anonimato de las multitudes, limitadas a esas horas a dos o tres trasnochadores y a ese agente que mantenía fija en él la mirada. Caminar entonces hasta la estación del subte sin darse vuelta, sintiendo en la nuca la punzante mirada policial, como en las peores novelas del género, sintiéndose metido en una de esas novelas que bien le hubiera gustado escribir pero no de esa manera, no con el cuerpo como diría Roberta. Obligarse a llegar a la entrada del subte un poco rígido, prometiéndose un taxi más allá, cuando no hubiera necesidad de despistar y cuando se sintiera más seguro, porque estaba ingresando a la línea 1 que no era su línea, indescifrable enigma de la red de subterráneos neoyorquinos en la cual no quería verse atrapado.

Puta madre, se dijo Agustín Palant, venir a refugiarse en esta ciudad para finalmente serle tan fiel a las locales lecturas baratas y tan pero tan infiel a lo único que podía importarle, la escritura.

No iba a poder volver a escribir nunca más, al menos no hasta que entendiera por qué había apretado el gatillo contra una cabeza. Contra una cierta cabeza. Ella era o fue o había sido actriz y se llamó Edwina. El nombre lo recordaba bien, lo había repetido muchas veces en horas anteriores: en el teatro, durante el viaje a casa de ella, hasta en el departamento y quizá en el instante mismo de sacar el revólver. Edwina, pronunciado así, suavemente arrastrado, como lo habían pronunciado todos aquellos que como él se acercaron a felicitarla después de la función. A felicitarla y a tomar la sopa que ella había estado preparando a lo largo de la obra, pero esa es otra historia aunque en realidad la

7

sopa fue la culpable de lo que ocurrió después porque marcó la pausa dándole a ellos dos tiempo suficiente para conversar. El a ella debió haberle parecido interesante con su negra tupida barba y su aire un poco envarado, inteligente. Se habían puesto de acuerdo en tomar unos tragos una de estas noches. Y Agustín al dejar el galpón transformado en teatro, sin detenerse a pensar en Roberta que estaría esperando su llamado y también su persona, había decidido *esta* noche, esta misma nefasta, aciaga noche.

2.

En su rincón del Village como quien está preparándose en el otro rincón del ring, de pie sobre la lona, Roberta baila sus pensamientos con una copa de slivowitz en la mano. El combate parecería ser contra todas las costras interiores que suelen oponerse al noble fluir del material secreto, si no fuera que esporádicos ramalazos de Agustín —el nombre de Agustín, la espera de un abrazo, de una palabra— se le interponen en la lucha y la detienen por instantes que son relámpagos apenas, más bien una forma del extrañar que viene de muchísimo más lejos y puede por el momento convertirse en sombra. En esa noche su sensación primordial es que galopa, y que galopa energía. Lo que más le gusta. Escribiría la palabra energía con mayúscula si estuviera escribiendo, pero está bailando aunque en realidad está escribiendo de una forma mucho más física: con el cuerpo. Es una escritura sin marca para un solo lector(a), ella misma. Así es como más se quiere. Ni muy astuta ni muy sutil o siquiera elegante —y son éstas instancias que a veces la visitan—. Sólo puede quererse de verdad cuando cabalga su propia energía como si fuera un potro. O mejor una escoba. La muy bruja, se dice.

La preocupación por el bendito Agustín le vuelve de a ratos pero es una preocupación exorcisable, hoy. Con gusto lo agarraría de sus abundantes pelos y le reclamaría Quereme, carajo. Con gusto esperaría de él alguna reacción violenta, un estrujante abrazo o un rechazo, algo que la ubicara a ella con respecto a él, y no ese ambiguo escurrirse de Agustín, como un no querer queriendo o a la inversa.

Esta noche necesita alejarse de Agustín, del recuerdo de él, de las ganas de él o mejor dicho de las ganas de que él sea distinto y responda plenamente a las de ella. Esta noche Roberta está decidida a reanudar la escritura de su nueva novela. Porque fue conocerlo a Agustín unos meses atrás y perder el hilo de la historia, y ahora que por fin va logrando retomarlo los personajes ya no lucen la docilidad de antes. Se le han sublevado y no quieren saber nada con el plan establecido; hacen de las suyas, se le salen de cauce. Mejor así. Roberta autora está penosamente volviendo a ser ella. En esa novela se había propuesto ser otra, metódica y estructurada, y no por influencia de Agustín Palant como podría suponerse sino como premonición de Agustín, que habría de meterse en su vida para desbaratarle el argumento.

Se conocieron en uno de esos congresos de escritores a los que New York es adicta. Escritores latinoamericanos, para colmo. Agustín Palant acababa de llegar con una beca importante y a Roberta le gustó su pinta. Mirada va, mirada viene, se reconocieron a distancia. Colegas, compatriotas, esas afinidades del alma sumadas a algunas otras atracciones menos confesables. Durante la celebración de clausura del congreso él se le acercó, copa en mano.

—Roberta Aguilar, ¿es un seudónimo? Leí algunas cosas tuyas.

—Yo también. No digo cosas mías, cosas tuyas. Alguna de esas llamadas novelas. Me interesaron mucho. Tenés una verdadera devoción por el detalle, pero una devoción algo siniestra, más inquietante que proustiana. Disculpame. Comentarios así no se hacen en un ágape gringo.

—De todos modos ahora tengo intención de escribir algo distinto. Quiero meter más barro, más sangre, qué sé yo. Suena grandilocuente o cursi. Disculpame vos, ahora.

—En el fondo de nuestra almita siempre seremos unos porteños timoratos, pidiendo perdón por la poca sinceridad a la que nos animamos.

—Y cómo. Frente al terror de estos rascacielos llenos de ojos que nos miran y en la noche de neones, porteños somos, pero no por eso dejaré de decirte que leí tus cuentos con placer aunque por momentos me parecieron demasiado impulsivos, un salto al vacío.

—Usted en cambio nos ha salido bien racional cuando empluma la puña. Cuando empuña la pluma, quiero decir.

—No. Quisiste decir lo otro y lo dijiste, no más. Valiente. Te conozco por tu literatura y me gusta, siento que somos complementarios.

—No me asustés, parece de manual, ¿no?. La chica impulsiva y el muchacho razonador, ponderado.

—No tanto. En lo poco que leí tuyo creí detectar un

extraño razonamiento que sostiene el impulso. Por mi parte, ando buscando la ilógica en la lógica.

—Se hace lo que se puede.

—Y algunas otras cositas, de yapa.

—Si usté lo dice.

Del dicho al lecho había habido relativamente poco trecho. Roberta llevaba cinco años viviendo en New York cuando se conocieron. Agustín pensaba pasar el año de su beca merodeando por allí y alrededores, dispuesto a escribir una novela y gastar sus denarios. Y la novela no le salía, según le confesó a Roberta cuando los encuentros se habían hecho más íntimos. La novela no le salía y en ciertas oportunidades como aquella tampoco le salía demasiado bien la intimidad. Quizá ambas iban vagamente de la mano, pensó entonces Roberta sin animarse a decirlo.

—No te preocupés, lo aplacó en cambio. No te preocupés por la novela directamente, escribí con el cuerpo. Es lo único que puede tener cierto viso de verdad.

—No sé qué me querés decir con eso.

—Bueno. Yo tampoco sé pero lo siento, escribí con el cuerpo, te digo. El secreto es res, non verba. Es decir restaurar, restablecer, revolcarse. Ya ves, las palabritas la llevan a una de la nariz. Te arrastran, casi. Arrastrada, me diría algún bienpensante de esos que sobran en nuestra patria. Y sí. Somos todos putas del lenguaje: trabajamos para él, le damos de comer, nos humillamos por su culpa y nos vanagloriamos de él y después de todo ¿qué?. Nos pide más. Siempre nos va a pedir más, y más hondo. Como en nuestros memorables transportes urbanos, "un pasito más atrás", lo que quiere decir un pasito más adentro, más adentro en esa profundidad insondable desde donde cada vez nos cuesta más salir a flote y volver a sumergirnos. Ca-rajo. Por eso te digo con el cuerpo, porque ese meterse hasta el fondo sin fondo no lo puede hacer la cabecita sola. Con perdón de toda analogía, metáfora o asociación o alegoría que tu mente calenturienta esté pergeniando en este instante. O sin perdón alguno, que de eso se trata, al fin y al cabo.

Siempre muy sabia, Roberta, sí, para movilizar al otro. Muy sabia de la boca para afuera, y después sumida en esa ansiedad que sólo se disipa a ritmo de galope, sólo entonces sintiéndose dueña de sí, en brazos del otro o de lo que ella llama la energía que en sus mejores momentos la arrastra a la escritura y en los peores —ahora— la lleva a preguntarse dónde estará Agustín y por qué no aparece.

3.

Con sobrecogedor esfuerzo Agustín Palant había logrado por fin su propósito: meterse bajo tierra. Es decir bajar las escaleras hacia el tren subterráneo, comprar la ficha, franquear el molinete, mantenerse de pie, erguido, y tratar de respirar con regularidad casi humana, ya no como animal acosado. Sólo faltaba lo otro, la llegada del tren que lo sacaría de esa zona de horror como si además fuera posible sacarlo de sí mismo.

A tan avanzada hora de la hoche la espera podía hacerse interminable. Lo sabía. Sabía del espaciamiento de los trenes por la noche, del delirio y el vacío de la noche tan llena de amenazas a las que ahora se sumaba otra mucho más angustiante, la pérdida del propio reconocimiento, atrapado para siempre en la trampa de una muerte. Una muerta. Edwina. Edwina ¿qué? como hubiera preguntado su madre en tiempos tan remotos. No des nombres sin su correspondiente apellido, doble en lo posible, no des sólo el nombre, es guarango, grosero; nombres, alias, apellidos, apodos, ¿a quién coresponde el apodo, el alias? ¿Cómo se llamaba, cómo se llamaba? chilló o pudo haber chillado o chillará el interrogador si alguna vez Agustín Palant fue o será interrogado.

Edwina ¿qué?. Un apellido común, cualquiera, Brown, Jones, Smith. Automáticamente Agustín metió la mano en el bolsillo del impermeable, sacó la página fotocopiada que era el programa del teatro y leyó Edwina Irving. Sí. Al instante se dio cuenta de lo que tenía en la mano e hizo un bollo con el papel y lo tiró a lo lejos, como quien se sacude de encima una alimaña. El corazón le dio un tumbo. Miró aterrado en derredor y notó que nadie le prestaba atención, nadie sospechaba. Había sólo tres personas en el andén, cada cual concentrado en lo suyo. Un borracho semidormido sobre su propio meo y una pareja besándose. Dos tipos de idéntico bigotazo besándose como si fuera lo último que les quedaba por hacer en este mundo. Agustín caminó entonces con las caderas trabadas hasta el arrugado papel que había sido el programa, lo recogió con la intención de prenderle fuego, a tiempo se contuvo comprendiendo que no debía llamar la atención por más ensimismados que estuvieran los otros, estrujó bien el papel que había sido el programa y después abrió el puño y con la otra mano lo fue desmigajando minuciosamente, como una forma distraída de pasar ese tiempo sin tiempo de la espera que le abría un espacio para llegarse muy lentamente hasta el enorme contendor de basura y esparcir los confetti entre latas abolladas y papeles engrasados y diarios roídos y vasos de cartón y vómitos y demás ascos del desperdicio humano en la ciudad absolutamente visceral, capital de la inmundicia.

Recordó haber pensado eso: la basura y la ciudad y el vómito, precisamente eso al enfilar hacia la zona, cuando decidió invadir territorios incursionando en lo desconocido. Por allí no te metás ni muerto, le habían prevenido a los pocos días de llegar a New York. El Lower East Side es tan peligroso como Harlem en la otra punta, es barrio de drogas, de traficantes de la pesada. Más vale mantenerse a distancia, nunca cruzar hacia el este la Primera Avenida que es la frontera.

Pero si uno no cruza las fronteras ¿puede acaso llegar al otro lado? La pregunta quizá se la había metido Roberta en la cabeza, ella solía largar frases así, un poco al descuido para dejarlas clavadas en el interlocutor, como banderillas. Largarse hasta la avenida C, por ejemplo, atravesar el abecedario, probablemente ella lo había propuesto alguna vez, aunque fácil era echarle ahora la culpa. Meterse en las letras con el cuerpo, muy bien había podido decirle Roberta a Agustín durante algún paseo inofensivo. El hecho es que se había metido. Solito. O no tanto. Unas cuadras más atrás, del lado seguro de la frontera pero muy cerca de ella, había entrado eso sí solito en la armería y había salido acompañado de un arma.

Si iba a aceptar el ofrecimiento de una casa aislada

en los Adirondacks—el lugar ideal para ponerse sin excusas a escribir su novela, le habían asegurado—necesitaría esa módica sensación de seguridad que le podía dar un revólver. Para meter ruido, no más, para alarmar al posible asaltante si alguien soñaba con asaltar a un simple escritor al que hasta se le había volado la musa.

Todo tan bien planeado, prolijo, abierto. Alguien le había comentado alguna vez, al descuido, de esa armería donde vendían todo tipo de armas sin mirar a quién. Y él se había dirigido precisamente allí, a ese callejón estrecho y maloliente detrás del bello mamotreto tipo torta rococó que en illo tempore había sido el departamento central de policía, nada menos.

Necesito algo de bajo calibre, simple, había pedido él en la armería. Sólo para sentirme seguro. Lo miraron con desprecio, y con más desprecio aún cuando pidió las balas y dijo que saldría con el revólver y las balas así no más, que se lo envuelvan todo. No es aconsejable en esta ciudad andar con un arma descargada, recordó claramente que lo habían conminado. Y allí mismo sobre el mostrador le enseñaron a separar el tambor y meter las balas y le dijeron ya está y le deslizaron el revólver en el bolsillo del saco, como al descuido. Cuando se tiene un arma hay que andar siempre alerta, cree también que le advirtieron entonces. Vaya.

Están todos locos, se había dicho Agustín al salir de la armería, pero no había atinado a cambiar las cosas y la humillación había ido cediendo, dejando lugar a una sensación de poder que paso a paso crecía a medida que avanzaba, cada vez más cerca de la frontera, del otro lado sin darse cuenta, unas cuadras hacia el parque, y ya se estaba haciendo de noche. Con la seguridad que le daba un revólver en el bolsillo del saco, el absurdo de llevar un revólver cargado por primera vez en su vida, Agustín se fue internando por las zonas opacas del desastre. De este lado o del otro, pensó, la inmundicia es la misma, siempre las mismas grandes bolsas de plástico negro, apiladas, llenas de desperdicios y en mi país en tiempos militares las bolsas tendrían más bien restos de, mejor pensar en otra cosa, armar la sonrisa de seguridad e indiferencia, mostrarse bien alerta sin mostrarse alarmado, caminar decidido entre esas voces que le ofrecen drogas aspirables, absorbibles, inyectables, que le ofrecen mujeres, hombres, adolescentes, niños y le dicen aceptamos tarjeta de crédito, cualquier cosa, y él avanza por la miseria humana haciéndose el que no oye, porque ésa es la forma de comunicación en esos estratos, unos hablan al aire o gritan al aire con desaforados gritos de loco, detallando las tentaciones y los nombres poéticos de la heroína que suenan a paraísos tropicales en los oídos de los desesperados que se arrastran desde lejos respondiendo al llamado de quienes gritan pero nunca jamás miran a los ojos, nunca son ellos quienes venden ni son quienes compran los que compran, y así Agustín se desliza —deslizó— por esa región del desquicio sintiéndose intocado.

Atravesó el temible Tompkins Square en diagonal o al menos creyó que en diagonal, se dejó llevar por oscuridades y misterios. Transitó cuadras a las que antes no se habría ni acercado a la luz del día, sintió el coraje que le transfería ese revólver cargado en el bolsillo derecho del saco, disimulado bajo el impermeable pero tan, tan presente en su sonrisa. Jamás se decidiría a usarlo, pero mientras tanto la sensación de seguridad le trepaba por los flancos y lo impulsaba adelante.

Y fue reconociendo y reconciliándose en parte con la otra cara o mejor dicho el culo —el oscuro y delicuescente agujero— de esa ciudad que se le escapaba entre

los dedos, que a cada instante se transformaba en otra.
Roberta se sentiría orgullosa de él, pero no se lo
contaría a Roberta. No quería regalarle este triunfo.
Meté tu cuerpo donde metés tus palabras, le había
reclamado ella de una u otra forma, más en relación a
la relación de ambos que a la literatura. El no pensaba
escribir sobre las regiones del detritus donde la ciudad se volvía letal, mucho más fiel a sí misma que en la
pulcra geometría de Park Avenue, por decir algo. A
Agustín le encantaba pasearse por Park sin Roberta,
porque Roberta sentía allí un encogimiento del corazón que no le podía describir a Agustín pero que estaba
relacionado con lo físicamente inalcanzable. Lo desmesurado, lo frío, lo bello, lo ausente.

El nombre de Roberta se le aparece en las fluctua-
ciones del recuerdo mientras espera unas luces que
habrán de perfilarse desde el fondo del túnel. Ahora
cree que ni pensó en ella durante el largo deambular
más allá de la frontera, cuando por fin aceptó una de
las miles de cosas que le fueron ofrecidas a lo largo del
camino. La aceptó quizá porque era gratis, quizá porque el tipo que se la ofreció no tenía nada que ver con
los acosadores, los esquivos. El tipo lo miró de frente,
lo caló a fondo y recién entonces se acercó a dársela.
Era una inofensiva entrada de teatro. Un ofrecimiento
que usted no puede rechazar porque es un obsequio y
porque la obra es excelente, le había dicho el tipo. Y
había agregado Yo no puedo ir pero usted no se va a
arrepentir, es una compañía decente, pronto va a ser
muy conocida pero por ahora están presentándose
underground, abiertos al azar porque el azar juega un
papel preponderante en esta obra en progreso.

4.

Espacio y tiempo jugaron a su favor, si es que a la luz de los acontecimientos subsiguientes se puede decir eso. El teatro estaba a pocas cuadras de la esquina donde lo encontró al desconocido y el desconocido lo guió hasta la puerta; fue entrar Agustín y apagarse las luces para dar comienzo a la obra. Con un personaje lateral y a la vez esencial que iba haciendo la sopa. Cocinando la sopa, a quién se le podía ocurrir, en ese escenario tan alejado de la realidad y alejado de Broadway. La acción transcurría totalmente ajena a la cocinera, pero ella iba puntualizando la acción con un chasquear de verduras con la mano, con un picar finito sobre la tabla de madera. El caldero humeaba sobre el fuego y ella iba agregándole sal, fideos, las verduras cortadas, mientras un hombre caminaba a lo largo de la escena acarreando una enorme máquina de escribir de las de antes, sobre la que a veces se subía para decir sus tiradas mientras múltiples personajes actuaban y se transformaban. Agustín no quiso prestarle demasiada atención. Sólo se concentró en la mujer de la sopa, probablemente bella, quizá nimbada para él por recuerdos de otros tiempos con aromas caseros, y después de los aplausos finales aceptó la invitación hecha al público a pasar al centro del galpón que era el escenario a tomar una escudilla de sustanciosa sopa.

Actriz y barbado espectador se hablaron poco allí, entre cucharada y cucharada, pero se miraron mucho e intercambiaron la propuesta de encontrarse de nuevo.

—Vuelvo una de estas noches y nos vemos para tomar una copa, le dijo Agustín y ella inclinó la cabeza en señal de asentimiento, con alegría.

El no iba a volver. Iba a quedarse merodeando por ahí, a la salida del teatro, sin saber dónde estaba, esperándola sin querer confesarse que la esperaba, hasta que la vio salir sola por una puertita lateral y la siguió durante un par de cuadras juntando ánimos para abordarla. Vamos hacia el mismo lado, se animó por fin a decirle, acercándosele, y ella le contestó No creo, yo vivo muy lejos de acá. Y bueno, le dijo él, vamos para el mismo lado porque pienso acompañarte, voy a dónde vos vas, si ni siquiera sé dónde estoy y vas a tener que sacarme de este andurrial, de este tenebroso laberinto; pero no temas, puedo protegerte.

La misma prepotencia de todos, puede que haya pensando ella, o puede que no lo haya pensado porque no conocía el paño, mientras lo guiaba por largas cuadras, vericuetos y calles alarmantes hasta la boca del subte. Al bajar las escaleras le dijo Cuando voy por lugares como éste siempre saco las llaves y las conservo en la mano con el puño cerrado. Así. Por si alguien me ataca. Pero ahora estás vos para cuidarme ¿no?

No.

Al menos eso sabe, ahora, en esta otra estación de subte esperando un tren que nunca llega. Y que no lo llevará a destino. Empieza a caminar hacia el extremo del larguísimo andén pero en seguida vuelve a la zona de protección, más iluminada, donde el borracho se ha dormido del todo en medio de su charco privado. Debió haber sido calentito, el meo, cuando brotó del borracho como manantial amigo, y ahora es uno más de los infinitos charcos de pis helado de la ciudad urinaria, erizada de cristales de pis helado, espinas sobre las que Agustín siente que podría revolcarse, integrándose al frío y a la vez sudado. Copiosa, profusa, asquerosa, incomprensiblemente sudado—como todo lo de esa noche—sus poros respondiendo y él no, él sin respuesta alguna, sólo preguntas, preguntas perladas como las gotas de sudor y el ¿por qué? ¿por qué lo hice? mezclándosele con las dudas prácticas: ¿qué habré dejado en ese departamento? ¿Qué prueba contundente, qué parte de mí y no sólo mi alma habrá quedado allí para delatarme?

Un nuevo tipo ha ingresado en algún momento a la estación y ahora se encamina lentamente hacia Agustín. Agustín se endereza, quiere escapar y la pared lo retiene, parece atusarse la barba pero en realidad está tratando de tapar su expresión de espanto. Quisiera cambiar de cara, ser otro. Tiene fuego, le pide o reclama el tipo que ya está casi encima. No, no, niega Agustín sacudiendo la cabeza, pero igual hunde la mano en el bolsillo del impermeable en una búsqueda que promete ser infructuosa, y después se abre el impermeable y al meter la mano en el bolsillo del saco encuentra el otro frío, metálico fuego.

Todavía estaba vestido cuando sucedió aquello. Totalmente vestido. Sólo se había quitado el impermeable, que atinó a manotear a la salida. Ya habían llegado eso sí al dormitorio, cuando sucedió aquello, y él estaba a punto de sacarse el saco pero en cambio metió la mano en el bolsillo derecho, encontró el revólver que tenía olvidado, lo empuñó y entonces. Todo lo anterior con Edwina había sido un dulce ir reconociéndose, primero con la voz y después con las manos, y largos silencios frente a la chimenea y esa maravillosa percepción en la yema de los dedos, y de golpe ella sin decir palabra se había puesto de pie y se había encaminado al dormitorio. El se puso también de pie y la siguió, lamentando fugazmente tener que dejar su lugar calentito y plácido.

Fue más que nada la abierta sonrisa de ella al darse vuelta en medio del dormitorio que lo invitó a Agustín a acercarse, muy cerca. Y cuando ya estaba a punto de tomarla entre sus brazos metió la mano en el bolsillo e hizo lo que hizo sin siquiera poder imaginarlo, quedándose después clavado en el asombro de un estampido sordo y de una acción que parecía pertenecerle a otro.

5.

El tren subterráneo llega finalmente. Agustín de una corrida evita el vagón al que suben los que esperan con él. Al menos por un rato siente que puede escaparle a la amenaza externa. No a la otra. En su vagón hay sólo una familia de chinos, madre y tres hijos dormidos, padre haciendo denodados esfuerzos por mantenerse despierto. Se ve que ha leído bien los carteles sobre su cabeza: No se duerma, no invite a que lo roben. Agustín solía atender esas y otras recomendaciones urbanas. Ahora qué le importa. Ojo, le habían prevenido al dejar Buenos Aires. Andá con cuidado, no salgás de noche, no andés solo después de las seis de la tarde, no se te ocurra meterte en Central Park ni siquiera de día, New York es la ciudad más peligrosa del mundo. Ojo, lo habían paralizado los bienpensantes que solían no dar un paso más allá del Barrio Norte. Y él se había cuidado bien de no ser agredido, nunca había pensado en cuidarse de ser el agresor. Con el triste resultado de dos víctimas: la muerta y él mismo, que por culpa de un acto incomprensible había perdido toda capacidad de reconocerse.

Como pasarse las manos por los brazos, los hombros, el pecho, y no poder encontrarse. Un ya no saber quién es ni dónde está parado. Y cuando logra un ramalazo de algo parecido a la lucidez, cuando los recuerdos y los horrores no se le agolpan, lo único que atina a hacer es poner en duda su sano juicio. Un ataque de locura sería la explicación más sensata de su acto, y por eso, por sensata, la descarta. Demasiado fácil. Enloquecí, volví a la normalidad, aquí no ha pasado nada. No. Va a tener que hablar con Roberta, preguntarle qué pudo haber pasado según ella, consultarla a Roberta después de haberle confesado todo. ¿Roberta? Por qué recién ahora piensa en recurrir a ella, la única persona cercana a él en esta despiadada ciudad. ¿Será que no la quiere? ¿O será justamente porque la quiere que no ha pensado antes en comprometerla? ¿Será porque la quiere que ha matado, para ahorrarle una traición y sus tristezas?.

Como si la relación con Roberta fuera tan estrecha, como si estuvieran pegados y no apenas juntos, de vez en cuando, cuando él no puede más y transa, apartándose de sus papeles, renunciando por un rato a sus intentos de escritura para correr a los pies de la otra que sí, ella sí está metida en su propia novela y no se apiada de él. Ella reclama más y quizá lo que pretende es usarlo a él de personaje. Hecho pulpa, atrapado entre dos tapas de un libro de Roberta, así se siente a veces, como si él fuera el iniciador de toda escritura, como si ella no hubiera escrito y publicado mucho antes de conocerlo, como si la literatura naciera instigada por él y no como debiera ser, naciendo de él, de su propia pluma. De su propia mano.

Parecería que nada nace de su mano, sólo muere: si uno no puede dar vida, mata. ¿Mata? No puede haberme pasado a mí. Yo no lo hice. No, no yo. Yo no fui, sintió al verla caer a esa Edwina desconocida. Y quedó idiotizado con el revólver en la mano, como en un desdoblamiento. No fui yo quien apretó el gatillo y disparó un tiro y mató a alguien. En absoluto.

Por eso justamente más yo que nunca, más que nunca él para sí mismo por el simple hecho de estarse viendo desde fuera.

El revólver. Por suerte se lo había vuelto a meter en el bolsillo, no lo había dejado atrás como prueba de su culpa.

Sabe que de la culpa no se podrá escapar aunque logre escaparle a la justicia. De Roberta tampoco podrá escapar, única posibilidad de lucidez.

Ahora, por los túneles oscuros, a toda chirriante velocidad, sacudido y zangoloteado por el tren expreso que va borrando estaciones con destellos de luz que lo aturden, trata de pensar con claridad. Mirar en derredor dentro del vagón, recuperarse.

No nota las paradas. Se va quedando solo y entonces ve al otro en la otra punta, un adolescente que está estampando su nombre en elaborada caligrafía con un gordísimo marcador de fieltro. Curtis, Curtis, Curtis, por todas las superficies escribibles y las otras, sobre el plano vidriado de las líneas del metro, sobre los avisos publicitarios y las paredes y las ventanillas y las puertas, allí mismo donde alguien más sagaz que Curtis ha modificado uno de los repetidos carteles bilingües. No se apoye contra la puerta, decía en español. Ahora puede leerse No apoye la Contra. Curtis lo cubre sin haberlo leído, sin entender nada de nada, sólo su propio nombre. En un puro afán de grafía va estampando su sello.

Agustín cierra los ojos para no ver ese nombre ajeno que inexorablemente va cubriendo todo el espacio disponible, el mundo móvil. Ya está inscripto hasta en los asientos de metal, pronto se lo van a escribir encima, a él, único pasajero acompañante del grafómano. Yo también tengo mi lugar, tengo mi letra, se repite, y le cuesta creerlo. ¿Qué lugar tengo?

    el que va de un caño de revólver a la sien de una
       desconocida
    la mínima trayectoria de una bala disparada casi
       a quemarropa
    el tiempo de un disparo.

Quizá su saco quedó escrito con sangre en el espacio tiempo del desastre. Por suerte la cara no —se había visto en el espejo del ascensor—, la cara no pero en una de esas el saco, la camisa. Se abrocha el impermeable hasta el cuello, tratando de borrarse.

Yo no estuve aquí, escribiría si eso fuese lógico, si en tamaña negativa no estuviera delatándose. Agustín no estuvo aquí. Pero por supuesto Agustín está donde dice no estar. Y donde cree estar, ¿qué pasa?

6.

Sábado por la tarde y Roberta ya no galopa energía alguna. Ahora quisiera terminar su novela al trotecito no más, mansamente, y siente que la tal novela la ha abandonado. La inspiración o la musa o lo que fuera ya no está de su parte. Tampoco está allí Agustín para alentarla, aunque quien suele reclamar aliento es él y eso también la preocupa: Agustín reclama y se escapa, como quien tira la piedra y esconde la mano.

La escritura parece estar perdiendo vida propia. Aquello que ha sido puro vuelo y excitación se ha vuelto pesado y arrastra a Roberta en su caída. Mejor dejar de escribir por el momento y largarse a merodear por esas calles del demonio, no dejarse caer en la doble trampa de la espera, esperándolos a Agustín y a la novela. Ir al encuentro de alguien, quienquiera que fuese, la persona que esté más al alcance de la mano.

La llamada Ava Taurel les pregunta a los hombres que la frecuentan
Soft bondage? Hard bondage? Ligaduras pesadas o livianas?
Cuero? Cadenas?
Le gusta usar ropa interior de mujer? Tacos altos?
Prefiere el mucho dolor, poco dolor? Látigo? Asfixia?
Esto se lo va explicando a Roberta, que ha caído de visita. Roberta escucha desprendida de sí, desapegada. Roberta convertida en oreja. Y Ava Taurel, hecha boca, prosigue
yo busco el alma humana detrás del dolor, quiero saber hasta dónde aguanta el cuerpo y

entonces ir un poquitito más, empujar los límites. Me interesan los límites. Me dicen hasta acá y hasta acá llego, con una vuelta más de torniquete para ver qué pasa.

Límites y abismos, cualquier cosa. Un tiempo atrás Roberta había estado hablando de eso con Agustín pero eran otros límites, no los del dolor físico sino la aterradora, infranqueable posibilidad del conocimiento mutuo. (Siento que hay una pared que quiero empujar cuando estamos juntos. Llevás en vos una pared tremendamente empujable y es tu mayor atractivo. Quiero verte del otro lado de esa pared aunque nos duela). El dolor físico en cambio le resulta tan banal a Roberta, tan falto de imaginación aunque la boca quiera demostrarle lo contrario.

Había habido un diálogo inicial, y en los comienzos la que después sería la oreja (ya empezaba a serlo) llegó a identificarse con la boca. La identificación se rompió a la cuarta o quinta frase, pero dejó algo pendiente entre ambas. Fue en un riguroso book-party que la boca había iniciado su oficio de tal al romper el hielo preguntándole a Roberta qué era de su vida afectiva. Nos hemos encontrado varias veces ya, le dijo Ava Taurel a Roberta, y lo único que sé de vos es que sos escritora, contame algo más.

En un principio Roberta no pudo entender que en ese contame, en ese aparente reclamo del querer saber y el querer escuchar, había sólo la necesidad de abrir un camino para el decir. Roberta no era la oreja aún, y contestó ¿Mi vida afectiva?: confusa, y había estado casi a punto de mencionarlo a Agustín Palant cuando la otra retomó su hilo y agregó Lo mismo la mía, los hombres me ven así, tan rubia y grandota, y piensan que soy una walkiria, me tienen miedo.

¿Cómo escapar entonces a la trampa identificatoria?

Aún no siendo ni grandota ni rubia, más bien todo lo contrario, vibró el tímpano y el martillo golpeó sobre el yunque y el estribo resonó y la oreja se hizo tal, a la espera de palabras que habrían de trazarle su propio retrato.

Pero la boca se consagró a su oficio y no despertó más resonancias afines. Despertó lo inconfesable.

Yo tengo dos amantes y un esclavo, contaría la boca. Dividir para reinar, diría la boca. ¿Un qué? preguntaría la oreja a penas transluciendo un poco de sorpresa contenida. Un esclavo, un esclavo de esos que uno patea y humilla y reclama y desarma, un esclavo. Podrían ser más de uno, pero para ser un verdadero esclavo hay que merecerlo, hay que estar a la altura que vendría a ser la altura de las plantas de mis pies, adorándolas. Los domingos trabajo en una cámara de torturas ¿no sabías? donde tengo que poner en práctica todos mis conocimientos y también mis estudios de sicología porque son torturas de toda índole que requieren técnica y sobre todo imaginación, verdadera creatividad que yo poseo, claro que sí.

(y la oreja pasa a ser esa luz en su cerebro que se le enciende para señalar la otra recóndita escena de tortura en la que estuvieron atrapados sus amigos, hermanos, compatriotas, sin haberla buscado, sin posibilidad alguna de gozo, tan sólo de dolor). La boca habla del gozo. Y no es prostitución, no creas, nada de eso, somos dominadoras, somos profesionales conscientes, brindamos un servicio social muy positivo, imaginate a todos esos sueltos por el mundo sin alguien que les ponga en acto sus fantasías. Altos ejecutivos requieren de nuestro servicio, es un trabajo delicado, hombres cansados de ser siempre los patrones quieren que alguien los domine y los mande.

(están los torturadores y están los torturados, pensó la

oreja, están los que no quieren en absoluto serlo y son sometidos, dominados). Hay que aflojar tensiones, concluye la boca.

se afloja como se puede.

Ganchos en las tetillas? Livianos? Pesados?

Martirio genital? Liviano? Pesado?

(táchese lo que no corresponda)

Las dos se encuentran ahora en esa habitación de la boca, atiborrada de libros, de cassettes, de discos, de carpetas, de ropa colgada en percheros o tirada sobre sillones. La parafernalia del rito no está a la vista pero está presente en cada objeto. La boca ya le había notificado en la otra oportunidad: trabajo en un lugar que tiene un escenario para las presentaciones más o menos públicas, y cubículos donde cada dominadora practica su especialidad y guarda sus implementos. Tengo, también, mi clientela privada.

La boca había invitado a la oreja a visitar su lugar de trabajo. Como sos novelista te va a interesar, le había dicho. La oreja no quiso ir tan lejos, y no hablaba de cuadras, pero en busca de cierta forma de la verdad había ido a encontrarse con la boca en su madriguera. Y la boca lleva puesto un overol color lengua, de un rosado subido, y se contonea como si toda ella hablara.

Mucho más tarde la oreja volverá a su casa preguntándose por qué ha escuchado todo eso y más también, por qué ha mirado las revistas del rubro y aceptado hojear la correspondencia secreta de Ava Taurel. Todo eso no le sirve ni para enriquecer su novela ni para atraerlo a Agustín cuando Agustín no aparece. Aunque quizá. De todos modos él sabrá apreciar la fina ironía de esta historia, cuando se la cuente, si es que se la cuenta. En el camino compra el New York Post para ver el programa de televisión, pero en el contestador automático no hay mensaje alguno que valga la pena y entonces mejor ni abrir el diario ni encender el televisor. Irse a dormir no más con las medias de lana puestas.

7.

En su casa, en su cama. Agustín sólo puede quedarse envuelto en la propia crisálida, empapado. Podría pedir ayuda pero sabe que para él no hay ayuda posible. Lo que anduvo buscando por las calles desde que salió del subte hasta recalar en su departamento fue otra cosa. Quizá el castigo. Anduvo deambulando por horas, cree que hubo unas copas en algunos bares perdidos, cree que le llovió encima pero ya no sabe si su ropa está empapada de lluvia o de sudor. Se la arranca, no quiere saberlo, prefiere la lluvia, y sólo queda la culpa, el espanto.

Dos noches parecen haber transcurrido y no sabe cuándo sueña o cuándo vive la angustia, dónde se encuentra el horror, si de éste o del otro lado de la vigilia. Cargada de vigilancia, la vigilia, a la espera de que en algún momento llamen a la puerta y vengan a buscarlo. O tiren la puerta abajo, como le dijeron que acostumbraban a hacer en su patria cuando él dejó su patria.
Sumergido en la duermevela del miedo.

¿Por qué soñó que estaba atado? ¿Soñó, acaso? Atado de pies y manos extendido en el piso con los brazos en cruz y piernas del todo abiertas como mujer en parto, como él creía que sería una mujer en parto, sintiéndose mujer en parto listo no para un alumbramiento sino para ser descuartizado. Sólo faltaban los cuatro caballos para arrancarle los miembros, pero no era cuestión de cuatro caballos ni de cuatro jinetes sino de una única mujer enorme, dominando la escena. Mujer aterradora, bruja primordial, y él desnudo al principio y después ya no desnudo, calzando largas medias caladas de mujer y portaligas y un delantalcito blanco de mucama alrededor de la cintura, con muchas puntillas el delantalcito, y la mujer podría ser Roberta pero no lo era del todo, era otra Roberta que le acariciaba el pecho peludo con una expresión que no tenía nada de caricia. Esa Roberta le arrancó el delantal con asco y él quedó con unos muy breves calzoncillos de cuero negro del que asomaba el pito, y Roberta, que ya no era más Roberta, tenía el pecho al aire con enormes pezones turgentes y reía, reía, sacudiendo el vientre apenas cubierto por un corazón rojo con pinchos. Corazón ardiente donde el corazón no está, rojas botas de tacos finísimos que ahora se le clavan a él sobre el corazón, donde su corazón sí está y late desesperadamente.

Se trata en realidad de la campanilla del teléfono que no logra arrancar del todo a Agustín de esa pesadilla más acá del sueño. Entonces es de día, piensa, entonces alguien sabe o alguien me reclama, y al instante vuelve a aparecer la mujer de las botas rojas y él está de nuevo estaqueado sobre el piso y ahora las cuerdas están mucho más tensas, son cadenas, lo van a descuartizar, la mujer ya no ríe, llora, y las lágrimas hirvientes le caen a él sobre el pecho y más abajo, al borde

mismo del calzoncillo de cuero por donde le asoma el
pito, henchido. Ya sin piernas ni brazos el único miembro que le queda es éste, el verdadero, el muy protu-
berante, y las lágrimas de la mujer lo están quemando.
No son lágrimas, es la cera de una vela que la mujer
sostiene en la mano, cada vez más cerca, derramándole
gota a gota la cera caliente sobre el pene que no pierde
su erección, todo lo contrario, se hincha más, el borde
del calzón de cuero se le clava, él se retuerce de desesperación y de dolor bajo las cadenas, ya está encade-
nado del todo y la cabeza atrapada en un cepo, se retuerce, la mujer lo patea con sus tacos finísimos, le
grita Decí gracias, mi ama. Decí. Gracias, apenas
puede mascullar él y otra patada filosísima le corta el
labio. Gracias, mi ama.
   La mujer le mete uno de sus largos pezones en la
boca. Mamá, le ordena y lo que mana de ese pecho es
como lava y él chupa y chupa mientras la cera le sigue
deshollando el pito. Ahora arde por fuera y arde por
dentro hasta el terrible espasmo cuando la mujer le
apaga la vela en el glande. El se queda boqueando en
ese infierno. La mujer lo conmina
Mirá, mirá, le saqué el molde. Abrí los ojos, gracias,
ama, decí. Decí Gracias, ama. Le saqué el molde de
cera y salió perfecto. Mirá.
   Y cuando está abriendo los ojos la mujer adquiere la
dulce sonrisa de Edwina en los segundos previos al
desastre.

   Para escaparle a la pesadilla se tiró de la cama y
gateó hasta el baño. Abrió las dos canillas, se metió en
cuatro patas bajo la ducha primero helada y después
hirviente. Al principio sin sensación de temperatura,
rígido, poco a poco fue aflojando el cuerpo bajo el

agua ya tibia, dejándolo descargarse allí en la bañera.
De él manó un olor pestilente y quedó como muerto
pero ya alivianado, sumergido en su propia mierda, su
orina y su semen, inmerso en eso que el correr del agua
iba limpiando, reviviéndolo. Tuvo sed, supo que le
volvían los reclamos del cuerpo y abrió la boca bien
grande, cara al cielo, para que el agua de la ducha
también le lavara las entrañas.

8.

Todavía en piyama de franela y medias de lana, con
aire totalmente casero, Roberta se dispuso a marcar de
nuevo el número de Agustín. Lo había llamado una
hora antes y él no había contestado. Raro que no estuviera en su casa tan temprano por la mañana. Empezaba a preocuparse pero no tanto, lo conocía al muy
esquivo. En una de esas había estado demasiado dormido para antender. Si insistía era porque necesitaba
hacerle la pregunta clave: ¿Qué hacer con un personaje
que se larga por su cuenta y hace de las suyas y te trastorna la novela?

Agustín sabría que cuando se habla de novelas se
habla de otra cosa. Se daría cuenta. O mejor dicho se
habría dado cuenta de haber logrado ella hacerle la
pregunta, pero el teléfono siguió sin ser respondido,
resonando aparentemente en el vacío.

Un vacío que resultó estar muy poblado, según se pudo comprobar minutos después cuando, en un juego de rebote, el teléfono sonó en casa de Roberta y era Agustín, una voz de Agustín desde el infierno, a su vez preguntando, desesperadamente tratando de ubicar un llamado.

—¿Fuiste vos, hace un rato? ¿Me llamaste?

Tomada de sorpresa, Roberta no pudo volver a su pregunta o a su realidad de minutos atrás. Prefirió ser ella la buscada

—No. Yo no te llamé. ¿Qué te pasa?

A Agustín le costó recuperar la superficie de las cosas. Cuando a penas lo logró, le dijo

—No sé. Me siento muy mal. Te llamo otro día.

—¿Qué te pasa?, sonás pésimo. Voy para allá a darte una mano. Te preparo un tecito, te doy masajes.

—En absoluto, no.

Agustín quedó con el tubo en la mano y una nueva pregunta ¿quién lo habría llamado si no había sido Roberta? ¿Quién lo estaría interpelando? La campanilla del teléfono lo había arrancado de una pesadilla para meterlo en otra. Una amenaza más que desde el mundo exterior venía a escurrírsele entre las sábanas húmedas.

Allí se quedaría nomás a morirse de hambre sobre sus propios excrementos, como el borracho del subte, como todos los desamparados del mundo. Los desamparantes.

En eso oyó un plop seco frente a la puerta de entrada y pensó que alguien estaba tratando de meterse en su guarida. Sintió una bocana de calor, la tensión de los músculos y despúés nada, aflojar, enfriarse y respirar con más calma porque supo que era el diariero dejando caer el diario del otro lado de su encierro. Entonces era domingo, y ahí a pocos pasos lo esperaba el preñadísimo diario dominical que él no iba a poder enfrentar, nunca más, porque traería la noticia, la noticia invadiría los diarios, y él nunca más podría tocar ese áspero papel con olor a tinta, a suceso irremediable.

Jamás se animaría a enfrentarlo, a leerse, y sin embargo con el abominable estilo de la crónica policial quizá le dijera algo sobre Edwina, dándole la clave. ¿A qué Dios la había sacrificado, si de sacrificio se trataba? ¿Quién habría apretado el gatillo por él, quién tan metido en él y tan ajeno habría impartido la orden? Aprendería algo sobre la joven vida que había truncado de cuajo, como diría la crónica, sobre la brillante carrera que había él cercenado. Su propio nombre no lo vería en los diarios, y aunque algún día apareciera, nunca más vería su propio nombre. La persona que él creyó ser hasta el instante del disparo nunca había existido.

El otro allí en su cama, en la cama permanecería hasta morir de desesperación y de peste.

Se le hizo presente la cara de Edwina, la dulce sonrisa de Edwina en el momento mismo en que él sacó el revólver del bolsillo. Cuando debió de haber sacado otra cosa, cuando pudo haber respondido a esa sonrisa con todo el cuerpo y no simplemente con un dedo infame oprimiendo un gatillo.

Fue como si hubiese necesitado congelar esa sonrisa para siempre y grabarla en la muerte. Muerte. Con la pluma él solía trazar signos para huirle y con otra punta inesperada había logrado convocarla.

Muerte provocada por él que atrae la propia muerte, la reclama. Como queriendo absorberle todo soplo de vida.

Acurrucado entre sus tristes húmedas sábanas trata con desesperación de recuperar la borrada imagen de Roberta, como un talismán. No a la sonrisa de la muerta, buscar la risa viva burlándose, recordar las cosas insensatas que dice Roberta, su absurda teoría de escribir con el cuerpo. Lo que uno escribe con el cuerpo, ¿querrá borrarlo con el cuerpo del otro, asesinado? A él con el cuerpo le salió una novelita barata, un atroz episodio, mala letra, borrones de sangre y ya no se puede —no se podrá jamás—dar vuelta la página.

La imagen de Edwina no se deja ahuyentar así no más. Afloran recuperaciones insospechadas del cuerpo de Edwina, una mano sirviéndole la copa de vino blanco, ese bretel que asomaba cuando el escote del suéter se le deslizaba por el hombro, sus caderas de espaldas al ir al dormitorio; convenciones del deseo, esas cosas, todo menos el deseo, y el rostro de Edwina y ese nombre cuya familiaridad lo sorprende. Anteayer por la tarde ni sabía de su existencia y hoy por la mañana (pero ¿hay hoy? ¿Un ayer? ¿Qué hora sería, había una hora, no estaba acaso inmerso en la muerte como en un pozo sin tiempo?) y ahora ya estaba contaminado por ella. Como un pacto de sangre en el que una sola sangre alcanzó para ambos.

(¿Y si después de todo no estaba muerta? El no comprobó nada, salió disparado como el gran cobarde que era, asesino a pesar suyo, dejándola sola para no delatarse o lo que es peor para que ella lentamente se desangre)

De golpe se descubrió aullando suavemente. Un sonido irreconocible le manaba como líquido espeso, incontenible. Era un fluir parejo, un llanto de entrañas más aterrador que el mismo miedo porque fácilmente podía convertirse en grito. Grito estertóreo, borbotón desesperado. Pero el llanto se le iba escurriendo y se dio cuenta de que no tenía fuerzas ni para abrir la boca y manifestarse.

9.

—Hola, hola. ¿Te acordás cuando me dijiste que escribías para no morir? Yo en cambio acabo de descubrir, y es horrible, que muero para no escribir.

—Agustín, parala. Venite para acá si no querés que yo vaya a tu casa. Pero venite y hablamos.

Agustín se sorprendió de que fuera tan de noche, cuando por fin pudo salir a la calle. ¿Pero de qué noche? Parecía la misma y no lo era, claro, ésta ya venía con una carga que la otra recién empezaba a perfilar.

Roberta lo estaba esperando con una sopita que él rechazó con asco muy poco explicable, intenso, inconfesable. En cambio comió todo el pan de la panera, tomó el vino, y el queso fue disminuyendo aunque él insistía No tengo hambre, no puedo tragar nada. Roberta lo miraba con desesperación creciente, tratando de imaginar qué había pasado esos últimos días en la vida de Agustín para desbarajustarlo de tal forma. Por el momento no podía hacerle la pregunta, lo que podía haber pasado parecía demasiado intenso como para servir de respuesta a una simple demanda. Se mantuvo en silencio por lo tanto, Roberta, cosa nada común en ella que solía estallar en preguntas y exigencias a la menor provocación. En cambio le hizo un tecito de tilo, se sintió asquerosamente hogareña, dejó que él se tendiera vestido sobre la cama y sólo se echó a su lado cuando él la llamó con un gesto apenas perceptible.

Agustín se le abrazó con desesperación por un rato larguísimo y ella no hizo nada por aflojar esos brazos o para desprenderse. Dejó que él fuera largando lo que lo oprimía, entendió que estrujándola él iba poco a poco liberándose de una presión de intensidad insospechada. Casi ni podía respirar, Roberta, con el cuerpo de Agustín aplastándola, y todos los fantasmas de la infancia se le venían encima, la desesperación de aquellos tiempos cuando su prima mayor trataba de asfixiarla con la almohada y a veces lo lograba bastante. Pero Agustín no, con Agustín la cosa era distinta: él era el vulnerable, él, el desesperado.

Al rato Agustín masculló No, no, y se arrinconó contra la pared dejando sólo una mano en la mano de Roberta. Y tanta electricidad empezó a correr por esas manos, tanta corriente de cosa no dicha, que el No se transformó en un sí, sí, y Agustín sintió que nunca había estado tan cerca de Roberta, tan con ella en medio del placer y era un placer inexplicable dadas las circunstancias, un entregarse del todo cuando lo que en realidad debería hacer era enquistar para siempre sus sentidos que lo habían empujado al corazón del espanto.

Agustín abrió los ojos a la madrugada y a esa luz apenas sugerida, temblorosa, vio los ojos intranquilos de Roberta buscando una aclaración.

—No, dijo él por segunda o quizá milésima vez en esa noche.

—No, le contestó ella un poco entre sueños, porque apenas estaba despierta, porque no lo había estado auscultando. No necesito palabras ni dichas ni escritas ni nada. Estuvimos muy juntos, anoche.

El no-reclamo de Roberta, esa aceptación, aflojó las defensas de Agustín. Y Agustín confesó. Al menos a medias confesó, travistiendo la realidad con la intención de no ofender a Roberta, pero quizá para mantenerla de su lado.

—Maté a un hombre.

Y Roberta, atrapada por la perplejidad, no pegó un respingo ni le dijo Estás loco. Se quedó allí mirándolo con más intensidad que antes, y él sintió que le creía y se lo agradeció en silencio. Después pudo continuar

—El otro día maté a un hombre, y lo peor es que no sé por qué.

—¿Y cómo?

—Le pegué un tiro, dijo casi sin voz pero también como quien cuenta la historia de otro. Le pegué un tiro en la sien.

—Agustín, estás desvariando. Un tiro. A quién. Y de dónde vas a sacar una pistola, vos.

Y compré el revólver para ir a la casa en los Adirondacks, te acordás, te dije que estaba muy aislada y necesitaba una protección, pero estaba seguro de que nunca lo iba a usar, tan sólo la seguridad de un arma, un tiro al aire si se hacía imprescindible, sólo eso, y mirá ahora. No, no me atacó. Nada de eso. Ni medio día tuve ese maldito revólver y acabé disparándolo contra la cabeza de una — contra una cabeza, la de un pobre infeliz que no había visto nunca antes en mi vida.

—Ni que estuviera vivo, el revólver. Como los puñales de Borges.

—Era un actor de teatro. Lo vi en una obra.

—¿Actor? ¿No será una comedia, todo esto?

—No. Tragedia. De veras, no es mi imaginación. No es mi imaginación, desgraciadamente. Lo maté en serio y parece un sueño.

—En una de esas *fue* un sueño. Una pesadilla. Hay que considerar la posibilidad. Ocurre, la literatura te lo cuenta. Vos leíste a Sontag.

—Sí, gracias. También lo leí a Camus, y Gide, el acto gratuito, todo eso. Pero esto no es literatura, nena, esto es la pura verdad. Yo cuando mato, mato. O por lo menos maté, esa única, alucinante vez. Yo no leo ni escribo. Mato.

—Dentro de la sencillez del conjunto, Agustín, reaccioná. ¿Por qué vas a matar a un tipo que ni conocés?

—Si supiera por qué me entregaría a la policía. O mejor, nunca habría matado. Imaginate. No soy de los que andan haciendo justicia por propia mano ni violencia ni nada. No sé por qué maté, y eso es lo peor de todo. Cuando sepa por qué al menos voy a poder reconocerme de nuevo, aunque más no sea para que me condenen por asesinato.

Roberta dejó un espacio de tiempo entre ellos y para Agustín fue peor que si se hubiera arrancado de su lado. Pero después de lo que pareció ser una brevísima siesta —de gato, dicen por allí— y fue en realidad una introspección de sus sentimientos en la que no entró para nada la lógica, Roberta le dijo

—Podés contar conmigo, no sé cómo pero voy a tratar de ayudarte a averiguarlo. Contame cómo fue.

—Estoy agotado. Dejame dormir un poco más. Después te cuento todo. Dejame ponerme en orden.

—No me tenés que contar nada, ahora, pero decime al menos qué hiciste con el revólver.

—No sé, no sé. Me duele tanto la cabeza, como si me hubieran pegado el tiro a mí. Todo debe de estar manchado de sangre.

10.

El primer paso de Roberta en la historia de Agustín no fue de indagación sino de ocultamiento. Prioridad uno: encontrar el arma del supuesto delito y hacerla desaparecer. Para eso tomó las precauciones que Agustín le había implorado tomar. Llegó al departamento de él justo a las nueve y media de la mañana para colarse entre la salida de los que van a trabajar y la llegada del cartero. Se hizo casi invisible para que nadie sospeche —como si alguien se pusiera a controlar algo en ese edificio de escaleras un poco desvencijadas y corredores sombríos. Revivió cierta noche del verano anterior cuando al subir por esas mismas escaleras había pegado un respingo, tropezando con un tipo que venía detrás. Sorry, se había disculpado, casi piso una cucaracha. Welcome to New York, le había contestado el tipo, simplemente, y Roberta había entendido y allí estaba de nuevo, de nuevo reconociendo la ciudad y sintiéndose bienvenida a otros oscuros presagios.

Antes de abrir la puerta tratando de no hacer ruido de acuerdo con las recomendaciones —la otra cara de la acción de él cerrando otra puerta— se preguntó qué hacer con el diario del domingo que marcaba la ausencia de Agustín. Mejor sacarlo del camino. Cualquiera se lo pudo haber robado. La ausencia del diario no es prueba de nada.

Hasta ese momento Roberta había logrado mantener la sangre fría que ella esperaba de sí misma. Fue al abrir la puerta y entrar al departamento cuando se le vino el mundo encima. Supo entonces que Agustín sí le había dicho la verdad. Su íntima, descalabrada verdad. Y sintió que se ahogaba.

Primero fue el hedor. El espantoso olor de esa habitación, como una presencia en la penumbra, algo sólido, palpable. Tuvo que obligarse a cerrar la puerta a sus espaldas para no dejar que el olor se escurriera por los pasillos avisando a todos del desastre.

Después tuvo que atravesar la inmundicia, como quien se deja lamer por las lenguas más abyectas, para llegar hasta la ventana. Corrió o más bien arrancó las cortinas y abrió las dos hojas. Que algo de la llamada realidad, el aire, desaloje las miasmas.

El hedor se disipa con facilidad. Basta una corriente de aire y una espera no demasiado prolongada conteniendo la náusea. Pero la náusea queda, ningún viento puede amortiguarla, instalada como está en esa pieza envilecida.

Las tripas de Agustín se habían dado vuelta como un guante, allí mismo; su física desesperación estaba a la vista, al olfato, al tacto.

Roberta se sentó en el borde de la cama a llorar con gritos sordos, tragándose los alaridos que hubiera querido largar allí mismo, echada sobre las sábanas repulsivas de Agustín. No podía adivinar que él, en el claro departamento de ella, también estaba llorando. Porque desde el canasto de papeles de Roberta los ojos de Edwina lo condenaban.

Pudo llorar poco, él. Como si todo el líquido del cuerpo ya estuviese agotado. Cuerpo seco, friable, que se le iba a desmigajar al primer paso. Que sí dio. Fue hasta el canasto y de rodillas, con unción, tomó el viejo New York Post y recortó el retrato de la primera página. Ni fuerzas tuvo para leer el titular y menos para buscar la página donde aparecía la información. Unicamente pudo cortar esa cara, aislar los ojos, la nariz, la boca, quedarse con los rasgos de Edwina desprovistos de todo aquello que le había otorgado configuración humana. Sólo el centro de la cara, apenas la mirada para él. Después fue a guardarla en un repliegue interno de la billetera donde pensó que iba a quedar para siempre.

Roberta por su parte logró reponerse lo bastante como para ir hasta el baño, descargar el frasco de Lysol en la bañera y dejar las canillas bien abiertas. Purificación y limpieza. Después metió las toallas y las sábanas en una gran bolsa de papel, pensando que sería más seguro tirarlas a la basura que llevarlas al lavadero.

El impermeable, que estaba hecho un bollo en el piso, fue debidamente colgado de una percha en el baño. La otra ropa fue juntada y apilada en un rincón, la colcha extendida sobre la cama.

El avance de un cierto orden le fue restituyendo a Roberta la conciencia de lo que estaba haciendo. Y por fin, después de muchas vueltas, de un ataque de pulcritud que la llevó hasta a acomodar el escritorio en la otra pieza, se decidió a tomar el saco que estaba tirado sobre el sillón y examinarlo. Era de tweed de colores herrumbre y no parecía tener manchas de sangre, pero no era fácil estar segura. Casi con pudor metió la mano en el bolsillo derecho. Encontró el revólver.

Fue más de lo que podía soportar y al mismo tiempo resultaba consolador. Agustín no estaba loco, al fin y al cabo, al menos no loco del todo, no perdido. Mejor creerlo asesino que preso de una pavorosa alucinación. Mejor la realidad, por atroz que fuera, a verlo instalado para siempre en esa región de la que sólo aspiramos a ser espectadores algo desapasionados. Mientras se decía todo esto, apuntando a la cama como había visto hacer en las películas, separó el tambor del revólver y sacó las balas. Faltaba una. Las sopesó y después, sin pensarlo demasiado, las tiró por el inodoro.

11.

—Creo que hice lo necesario. Limpié el lugar. Metí en una bolsa sábanas, toallas y otras mugres y la tiré en una pila de basura, lejos de tu casa. También tiré la camisa, por si acaso, aunque no parecía manchada. Camisa marrón, ni que lo hubieras planeado. El saco parecía bien y me dio pena tirarlo.

—¿Y el revólver?

—Ya me ocupé de eso también. En tu casa no quedan huellas.

—No quedan huellas. Ciertas marcas son imposibles de borrar.

—Se hace lo que se puede. En fin, hablo por mí. Lo que se puede. También te compré implementos para afeitarte, creo que te vas a sentir mejor.

—Hace casi veinte años que uso barba. Si hasta sobreviví la época militar cuando tenías que afeitártela para sacar un simple documento. La cara desnuda me la vi muy pocas veces.

—La verás ahora, pienso que no te queda otra si querés salir a la calle. Y querés ¿no? Querés averiguar qué pasó realmente, ¿no?

—Sí. Quiero saberlo todo. Por qué pasó, por qué yo, todo. Pero no sé qué tiene que ver la barba en todo esto.

—No quiero que te reconozcan. Vas a actuar con más libertad si te sentís distinto. Como otra persona.

—Basta de desreconocimientos. Me siento tan perdido, y ahora venís vos a cambiarme de aspecto.

—Yo no te cambio nada. Lo cambiás vos y vas a ser vos, con o sin barba. Además podrías ponerte anteojos.

—Veo perfectamente. No fue por un error de visión que hice lo que hice.

—Te traje los anteojos que te recomendaron para descansar la vista. Sería bueno que los usaras todo el tiempo. Te vas a acostumbrar a la cara afeitada, a usar anteojos, a parecer otro para poder encontrarte ¿viste?

Culito de bebé, le dijo Roberta acariciándole la mejilla despejada. La ceremonia de afeitarse había sido larga y algo penosa. Como una despedida. Con tijeras

44

primero, mucha espuma, maquinita con Gillette como en los viejos tiempos, puteadas, algún corte muy menor por suerte, y Culito de Bebé, pero bebé que ha tomado sol con los pañales puestos, agregó Roberta en parte para ocultar su decepción frente a una mandíbula poco firme y un mentón huidizo.

—Sabés que nunca tomo sol, con o sin pañales.

—Vas a tener que tomarlo ahora, hijo, porque no hay mejor corpus delicti que esta cara tuya con aire de mapa. Le ponemos un bronceador y al balcón, ahora mismo. Aprovechá que febo todavía te sonríe un poco.

Quiso forzarlo a ponerse un viejo short de ella pero hasta allí no llegó su poder de convicción. Tengo que pedirle ayuda a Ava, pensó, que venga con el látigo o lo que sea que usa para dominarlos. Aunque el látigo, quién sabe, quizá yo también podría usarlo, alguna vez, puede ser útil, pensó, pero no hoy. Hoy usar guante de seda con el que sufre.

¿Y el otro, aquel que él hizo sufrir? O mejor dicho al que sin sufrimiento alguno, sin decirle agua va, le quitó la vida? Aquél ya no existe, nunca existió para Roberta, sólo podrá ir cobrando cuerpo cuando empiecen las investigaciones, la busca. Habrá que ver los diarios, saber quién fue, qué pudo haber empujado a Agustín a hacer lo que hizo ¿Un conflicto homosexual? Era muy probable. Aceptado o rechazado, flagrante o insinuado o negado o combatido, consciente o inconsciente. Qué bronca. Ella tendría que ponerse a investigar por su cuenta, averiguar motivaciones secretas y demás balurdos, pero todavía no, ahora sólo un tratar de reincorporarse a la superficie de la vida donde no hay vómitos y menos aún sangre derramada y demás viscosidades.

Lo instaló a Agustín en el balcón en su única silla tijera, le alcanzó un vaso de vino blanco bien helado y se fue a preparar algo para picar. Llevó la bandeja al balcón, un silloncito de mimbre para ella, otro vaso y a hablar de bueyes perdidos. Como si se pudiera.

Agustín de cara al sol. Lo odio. ¿A quién? Al sol. Hoy es tu amigo y calienta poco, es octubre ya. Sí, todavía.

Y quedarse mirando la calle ocho pisos más abajo, y por suerte nadie enfrente para mirarlos a ellos, sólo allí a sus pies y en la otra vereda la terraza del gimnasio donde muchos se afanan corriendo alrededor de las canchas o jugando al tenis como si la vida fuera eso, como si la vida no fuera quitársela a otro. O esperar a que vengan a quitársela a uno, en represalia.

Los dos estaban pensando lo mismo pero no se animaban a hablar. Tan sólo hacerse gestos, alguna expresión dolorida. Nada de delatarse con la palabra en esos balcones interconectados, en esa ciudad que se ha vuelto peligrosamente bilingüe.

—¿Cómo sigue tu novela? preguntó por fin Roberta rompiendo un silencio demasiado cargado.

—Vos sabés. Está parada. No puedo escribir, no me sale, y ahora menos que nunca.

—No me refiero a esa novela, me refiero a la otra que empezaste el viernes.

—Esa. Esa no es novela. Es una obra de teatro. Tragedia. Acordate.

—Contámela.

—No puedo, todavía está en carne viva. Y necesito la escena, la escena del teatro, las tres paredes de siempre más el muro invisible, el de la convención. La pared que no existe es la que más necesito, para apoyarme. Hay también un hombre

—Un hombre muerto.

—No, ni me lo recuerdes. Otro, un hombre vivo, suelto por ahí, que en cierta noche tenebrosa le regala al protagonista, digamos al antagonista, al antihéroe, una entrada de teatro.

—¿Y el antihéroe por qué acepta?

—Porque es un boludo. Porque es un iluminado, un vagabundo del Dharma. Porque no tiene otra cosa que hacer y se ha estado metiendo en zonas prohibidas. Porque quizá ése era su tremebundo destino, su sino. Porque de joven leyó el Lobo Estepario. Porque lee a Cortázar o a Bataille. Porque no sabe lo que es leer y menos aún escribir. Porque todo es teatro y tanto le da andar por las calles truculentas como meterse en un teatro oscuro. Porque ama a Artaud. Porque no tiene sentido del humor. Porque tiene un loco sentido del humor. Porque está loco. Porque.

—Parala. El protagonista o antihéroe o lo que quieras no necesita conocer sus motivos. Pero vos sí. Como autor, digo.

—Yo no soy el autor de nada.

—Sos el autor del hecho.

Roberta fue a buscar el vino que había dejado en la heladera. Quería cortar un poco el hilo, desenredar la madeja pero no del todo. Otro vasito de vino. Sí, gracias. Un poco más de atún, qué tal unos palmitos con mayonesa. Mirá vos, como en la patria, falta la salsa golf. Echale ketchup. Ni me hablés de eso, en esta obra de teatro va a sobrar el ketchup. Pasame un pedacito de muzzarella ahumada. Riquísima con salvia y aceite de oliva. Otro vinito, esas cosas de los desocupados.

—Sería tan bueno irnos mientras dure el buen tiempo, a Cape Cod podría ser.

—Yo no quiero escaparme. Por una vez, no quiero escaparme. Tengo mi tragedia en marcha, acordate.

—Y tenés una buena beca. Acordate vos. Te da lo

más necesario de todo, tiempo para la investigación. Para armar tu tragedia, digo ¿Ya tenés el título?

—¿Título? No.

—Tenemos que ponerle uno ¿*Viernes a la noche* te gusta?

—Horrible. Y poco original. Propongo *El grito.*

—¿Qué grito proponés?

—Basta, gimme a break! El Grito, como título. Viene de Artaud, de *Un atletismo afectivo* (¡mirá vos!) y dice "El resto se hace con gritos".

—Se puede pensar también en el cuadro de Munch, boca abierta por el horror, como un gran vacío. No quiero un gran vacío.

—Yo te lo voy a llenar. Un día de estos, cuando pueda, te lo lleno. Te prometo, Roberta. Pero por ahora me vuelvo adentro. El vacío me oprime.

A Roberta se le despertó la rabia ¿de nuevo viene éste con sus promesas incumplibles? Le miró la cara que ya se estaba sonrosando en las zonas menos expuestas y le dieron ganas de tirarle el vaso que tenía en la mano. O al menos el vino, con un rápido gesto de muñeca. Agustín la pescó al vuelo. El vino no es un buen bronceador, le dijo mientras se ponía de pie, y los dos a un tiempo lograron una risa inesperada que los juntó en el mismo momento en que querían enfrentarse.

Yo soy vos y vos sos yo. ¿A quién hemos matado? La afirmación quedó, la pregunta se les fue por el aire de ese balcón demasiado suspendido sobre la nada.

Por un largo rato quedaron mirándose a los ojos allá arriba, y el entendimiento no fue creciendo, fue creciendo el deseo, ese pajarito burlón.

Mirándose y mirándose sin decir palabra. Agustín fue el primero en estirar la mano. Vení, le dijo muy despacio y ella o no oyó o prefirió quedarse donde estaba mirándolo siempre, tratando de entender algo.

Vení, vení, reclamó él. Un vení abriendo puertas que
pedían a gritos permanecer cerradas.

12.

Agustín limpito, recién bañado —por Roberta—
vestido con unos jeans y una remera de Roberta, totalmente afeitado y con un cierto rubor en las mejillas y
mentón gracias al sol de otoño, con el pelo alborotado
(se te enrula, mirá vos, ¿por qué te los estiraste siempre,
porteño engominado?), calándose los anteojos.
—Me siento bien así, fijate.
—Claro, si éste sos vos, no sé por qué andabas siempre tan encorbatado, encorcetado.
—No es eso, mujer.
—Creo que ya estamos listos para el segundo acto.
La calle nos reclama.

Estaba cayendo el sol cuando encaminaron sus
pasos hacia el Lower East Side, el ambiguo Loísa que
pocos días atrás había abierto sus fauces para engu-
llir a Agustín. La intención era redescubrir el derro-
tero y ver si pescaban alguna pista. Cerca de la avenida
A hay un restaurant marroquí que parece ser bueno,
sugirió Roberta como para limar el miedo al reencuen-
tro. Detesto, había empezado a decir Agustín pero

nunca completó Los platos árabes. Supo en ese instante que había sonado la hora de traspasar barreras y meterse en una nueva piel con nuevos gustos, por eso dejó el detesto flotando entre ellos dos sin separarlos, como un mínimo intento de autoafirmación, una marca de lo poco que le iba quedando. Si hasta había dejado atrás su nombre. Ya no lo llamarían Agustín, en adelante sería Gus, o Magú a causa de los anteojos. Una forma más de protección y ocultamiento en caso de que los otros espectadores del teatro clandestino hubiesen escuchado su nombre.

Yo soy Agustín Palant, parece que fue lo primero que le dijo a su futura víctima, y Roberta al saberlo había insistido en buscarle un apodo, dentro de un margen razonable de variaciones.

Yo soy —era— Agustín Palant, había dicho en voz alta en medio del teatro, por eso se había vuelto imprescindible borrar a Agustín Palant dejando apenas su caricatura.

Muy pronto Agustín, perdón, Magú, empezó a sentir el alivio de esas transformaciones. Al que se sumó el hecho de haber hablado desde un principio de la víctima, así, en forma neutra. Víctima, hasta que la palabra se les hizo intolerable y empezaron a llamarlo(la) Vic a secas, con algo de sádico triunfo que ninguno de los dos se permitió percibir.

Vic. Un ser del todo desconocido para él, descubierto en el teatro al vapor de una sopa, situación totalmente anticlimática que quizá vuelva a ser mencionada en otro acto.

En este segundo acto son apenas dos los protagonistas y han salido a reconstruír otra escena: el paseo de Magú después de verse armado y antes de descargar el arma. Pretenden encontrar el teatro, la escena donde se desarrolló el teatro que habría de abrirle paso a la tragedia. Con mucho miedo lo buscan, con espanto. Por eso mismo se sienten algo heroicos.

Es aproximadamente la misma hora del crepúsculo, cuando las cosas han perdido la precisión del día y no han podido acceder aún a los falsos contornos de la noche. La hora podría ser indéntica pero la atmósfera es muy otra. No es lo mismo esta vasta planicie de mitad de semana que el filo de los viernes, y Magú ya no puede reconocer su espacio. Creo que dobló por aquí, dice, hablando de sí mismo en tercera persona, tratando de separarse de Agustín y ser el puro Magú, narrador de la historia. Sólo que, de la historia, sabe tanto como Agustín o menos, más bien menos porque se está internando por el camino espiralado de aquél que dice la verdad a medias, que en cada curva miente un poquitito más y cuando dice Vic trata de imaginarlo hombre, pero fue mujer. Entonces todo se le va transformando hasta lo insospechable, hasta alejarlo a él de su propio recuerdo.

—Creo que entró en este sucucho inmundo, pidió una cerveza y se quedó mirando unos portorriqueños que jugaban a los dados.

—Entremos entonces. Pidamos cerveza.

—No, no de nuevo.

—Sí, si querés saber. Sí, si pretendés encontrar el motivo.

Fue entrar y salir casi en un mismo aliento. Todas las miradas se habían colgado de Roberta arrancándole hasta el pellejo. Not here, le dijo Agustín, en inglés para despistar. No donde los peligrosos son los otros.

—Tendríamos que encontrar al que te regaló la entrada.

—Lo pensé, pero creo que no lo voy a reconocer. Y de todos modos no me voy a animar a abordarlo.

—Esa es otra historia. Me puedo acercar yo, averiguar algo. Pero hacé un esfuerzo, tratá de acordarte cómo era, algún rasgo, algo.

—No sé.

Tan poco espacio recorrido y ya se sentían agotados. Se animaron a sentarse en un banco del parque porque aún titubeaba una cierta claridad. Un banco muy cerca de la calle, eso sí, nada de adentrarse en las profundidades de esa tierra de nadie.

—Es para morirse de risa. Aquí estamos, asustados, prudentes, tratando de no meternos en la boca del lobo cuando en realidad tendríamos que estar asustados de mí. Los dos asustados de mí. O mejor dicho de Agustín, Agustín es el lobo. Qué tanto andarle temiendo a mansos perros del crepúsculo.

—No exagerés Gus, Magú. De lobos está lleno el mundo y Tompkins Square.

—Gus, Magú, Gog y Magog. Mirá nomás en lo que me convertí.

—Ahora que estamos sentaditos aquí con la jauría aullando a nuestras espaldas, contame bien la obra de teatro. La obra dentro de la nuestra, dentro de esta que estamos escribiendo ahora con el cuerpo. Dale, contame ¿Qué hacía Vic? ¿Era protagonista?

—No, pero tenía un papel que para mí era muy importante. Conmovedor, te diría. No sé por qué. Creo que ni me acuerdo de la obra. ¿De verdad te parece que vale la pena insistir en eso?

—No. Podemos dejar todo como está ¿Viste? Yo, argentino; atender esas frases tan nuestras: Aquí no ha pasado nada, o Algo habrán hecho para merecerlo.

—Por favor, no mezclés. Jode más de lo soportable.

—Bueno. También podemos irnos tranquilamente al campo. O a Paris, ¿qué te parodi? O podés volverte a mi Buenos Aires querido y listo el pollo, nos carteamos de vez en cuando, me mandás postalitas del obelisco y yo te contesto con algo de información, lo que pueda ir recavando si algo surge. Y si a vos te sigue interesando.

—Total,

—Total no creo que nadie te busque. Sos uno en doscientos millones, fijate. Te tomás el primer avión con destino a Ezeiza y a otra cosa, mariposa. No que yo quiera que te vayas, todo lo contrario. Tampoco puedo pretender que te quedés. Contás con la guita de la beca. Usala.

—No boludiés. Estoy atado de pies y manos. Tengo mi conciencia, qué le vas a hacer, che. Eso sin considerar que así como maté a una persona puedo en un momento de descuido matar a otra. Si ni siquiera sé por qué lo hice, si ni siquiera me di cuenta de que lo estaba haciendo.

—Revólver ya no tenés.

—Eso es lo de menos. Mejor así pero ¿dónde lo metiste?

—Es cosa mía. No te preocupés. Vamos, sigamos caminando.

Roberta había escondido el revólver en su departamento por varios motivos, siendo el primero y principal que nunca reunió el coraje necesario para metérselo una vez más en la cartera y salir a tirarlo en alguna parte. Planes no le faltaron. Su guión favorito se desarrollaba frente al Hudson: en la mano tenía una bolsa de papel, de la que sacaba una manzana y la comía. Después tiraba la bolsa al agua. El sandwich me cae pesado, le explicaría ella a algún ocasional observador mientras la bolsa se hundía con el revólver metido entre dos rebanadas de inocente pan blanco.

Pesado resultaba por cierto, el revólver, como una presencia oculta en el armario alto del baño, tras montones de potes. Cada tanto Roberta lo sacaba de su escondite, se cercioraba de que siguiera descargado, (no hay que olvidar, se decía, que es el bruto diablo el que carga las armas) y lo lustraba una vez más para borrarle toda huella digital de Magú. Lo volvía a limpiar y a limpiar, por si algún rinconcito se le hubiese escapado. Y si por una de esas casualidades la policía llegaba a registrarle la casa, siempre podía decir que el revólver era de ella. Sin faltar a la verdad, ahora que se lo había apropiado y Magú ignoraba su presencia. Claro que si la policía llegaba a su casa era porque sospechaba de Magú, y entonces todo estaría perdido.

No por tanto razonar se veía libre de la obsesión de lustrar el revólver cada tanto. Y menos aún libre de la otra obsesión mucho más inquietante: ir a verificar si el tal artefacto seguía en su sitio después de cada visita de Magú a las instalaciones sanitarias.

—Fue en esta esquina, creo que fue en esta esquina donde me regalaron la entrada. O no, no me acuerdo de ese almacén, la grocería como dicen acá. Vení, mejor nos vamos ¿no?. Estoy seguro de que nunca voy a reconocer al tipo de la entrada. Un mulato, me parece, aunque quizá era árabe. Si uno supiera lo que viene después, miraría mejor. Además la ciudad está llena de mulatos y todos se parecen.

—Qué se van a parecer. Hay mulatos y mulatos. Algunos están de rechupete, no me digás.

—Vos sabrás. Yo no me fijo en los hombres.

—¿No? ¿Y Vic?

—Vic es otra cosa. Pertenece al teatro. Es o era lo que no es. Era un rol, no una persona. Si Vic anduviera por aquí, si me cruzara con Vic en este instante, creo que no reconocería esa cara.

Se iban alejando del lugar, de todos modos, pero Roberta tomó nota de la esquina: el almacén, en la vereda de enfrente una florería como de cementerio, y un zaguán oscuro donde lo menos que podía haber eran unos junkies inyectándose droga o vendiendo fotos de porno infantil, para no hablar de tipos que regalan entradas que envenenan el alma. Ya volvería por su cuenta con cara de quien quiere ir al teatro con intención aviesa.

Magú la sacudió para que apretara el paso.

—Volvamos a casa.

—Your place or my place?

—Ya no tengo lugar ¿no te das cuenta? Yo ahora soy apenas una bala incrustada en un cráneo.

Roberta no se animó a decirle Mejor ser una bala incrustada en un cráneo que una bala perdida. El no estaba para bromas, y por otra parte hubiera sido mil veces preferible ser una bala perdida, un tiro al aire. No le dijo nada de eso pero decidió que de alguna manera debía romper con tanta pesadez de ánimo. Habría que indagar por otros caminos si de verdad querían aclarar algo. Y estaba dispuesta. Y sentía una cierta exaltación en todo eso. Miralo vos, se iba diciendo, miralo vos al medidito, al preciso, metido ahora en este desorden de muerte. Más que nunca quería sacudirlo a Agustín, romper la pared, forzarlo a revelarse —¿rebelarse?—

Por eso insistió en entrar a la tienda de ropa antigua, un cambalache oloroso a lavanda y naftalina.

—Ya que hay que cambiar las apariencias, cambiémonos de ropa, Magú, revistámonos, como quien dice.

13.

Habían estado hurgando durante un largo rato en
silencio, los brazos metidos hasta el codo en montones
de ropa con efluvios a desván de abuela suponiendo
que una tuviera abuela con desván y esas cosas, se
habían dejado llevar por otros caminos, sopesando
cristales, eligiendo una lámpara de los años veinte que
iría bien con el vestido que Magú había separado para
Roberta, Roberta lo acababa de empujar a Magú dentro del probador que en realidad era una alfombra
persa colgada como telón entre dos percheros, cuando
desde el fondo marcial de esos claroscuros de encajes
venecianos y cortinados de seda carcomidos bramó la
metralleta
—Roberta, ta ta tatatata ta tá!
El salto que pegó la tal Roberta fue digno de ser re-
gistrado en video, según comentaría después la insti-
gadora. Lo que en ningún video habría aparecido era
la zozobra de Magú frente al enorme espejo, venecia-
no por cierto, vestido con el ridículo traje verdoso elegido por Roberta, sintiéndose atrapado.
—Lara, reina del disparate, eras vos, casi me matás
del susto.
—Roberta princesa del metalenguaje ¿Con quién

otra te ibas a encontrar sino conmigo en un sitio como éste?

—¿La tienda es tuya?

—Como si lo fuera. Monique, la dueña, es una gran amiga, si venís una noche después de las once te la presento. Sólo atiende a esas horas, sus clientes favoritos son los que vienen a la salida del teatro, los locos, los vencidos, los despiadados, los otros ¿Qué buscás vos?

—Ropa de teatro, of course. Estoy con un amigo que está escribiendo una obra. Puro teatro de la crueldad, sabés. Es un digno émulo de Artaud.

—Justo lo que necesitamos. Vénganse una de estas noches a casa, vas a ver qué linda está. Cambié todo el decorado, te va a encantar y además quiero que conozcan a unos amigos divinos que viven arriba. Te llamo. Tengo que correr porque me esperan afuera con una camioneta. Sólo vine a buscar un par de manequíes que me hacían una falta bárbara para la decoración, Bill me va a ayudar a cargarlos ¿no? Ese es Bill, allá en el fondo, el socio de Monique, esta es Roberta una dama de las letras latinoamericanas, háganse amigos. ¿No te encanta este viejo manequí? Se los cambié a Monique por una puerta estupenda que encontré el otro día en una demolición. Pero yo necesitaba estos cuerpos, tengo las cabezas justas. Bueno, te llamo. Prometido.

Agustín sintió que ya no podía aguantar más dentro del probador lleno de espejos y emergió a la superficie en busca de aire en el preciso momento en que salían con el segundo manequí. Vio entonces alejarse un cuerpo acostado cubierto por una manta y tuvo la sensación de que se llevaban el cuerpo de Edwina. Quiso escapar de la tienda corriendo y Roberta no pudo convencerlo de que se quedaran un minuto más, para al menos llevarse lo que habían elegido.

—¿No será ese Bill el que te entregó la entrada?

—Lo pensé, pero no. No fue por eso que quise salir corriendo. Me pareció que se llevaban un cuerpo, me removió tantas cosas de otros tiempos. Buenos Aires, sabés. Pero el que me dio la entrada era otro, por ahí ni era mulato, era como otra piel, ya te dije, es todo lo que recuerdo.

Ya habían aflojado el paso, ya habían cruzado la Primera Avenida e ingresado al lado seguro de las cosas. Iban caminando más tranquilos, tomados de la mano; y a Roberta le empezó a crecer desde la planta de los pies una ternura que le trepaba dulcemente por las piernas, abrigándola.

Agustín iba prendido de su mano como un chico y Roberta estaba empezando a sentirse reconciliada con el mundo cuando la asaltó un recuerdo que le hizo soltar la mano de Agustín, con rabia. Y no fue pensar en lo que él era capaz de hacer con esa mano. Fue recordar aquello que no era capaz de hacer: darla. Como si se le hubiera venido encima ese tren en el que los dos viajaban juntos, tiempo atrás, cuando a ella le dolía tanto la cabeza que buscó la mano de Agustín como un consuelo. El apenas se la dejó medio segundo, después la retiró musitando un rechazo. No me gusta que me agarren la mano, me siento atrapado, le había dicho. Y Roberta se había largado a llorar desconsoladamente. Más tarde había tratado de entenderlo diciéndose que él, huérfano de madre al año y medio, casi no conoció manos de cariño y sí manos que lo agarraban para arrastrarlo a los lugares donde él no quería ir. Claro que aquella vez en el tren la de Roberta era una mano cargada de otras propuestas, sin el menor intento de atraparlo o conducirlo. Y él le había retirado la mano, y ahora se aferraba a la de ella invirtiendo los papeles.

Lo condujo sin embargo a Agustín hasta su casa y le preparó un baño bien caliente al que le agregó unas hierbas.

—¿Qué son esas hojas flotando en el agua?

—Bueno, romero para la tensión muscular y el dolor de cabeza. Y menta que es sedante. Te va a hacer bien, vas a ver. Metete y aguantá el calor lo más que puedas, como un hot tub.

—Estás reloca, mujer, me voy a sentir como carne de puchero en ese caldo. Lo único que falta son los caníbales bailando en derredor.

—Si querés te bailo.

—La vagina dentada al son del tam-tam.

—El loco sos vos. No tiene dientes, es hora de que te vayas enterando.

—¿Qué no? Mirá lo que me estás haciendo ahora, metiéndome en la sopa. Acordate. Tené consideración.

—El que se tiene que acordar sos vos. Después de todo, puede ser una buena idea esa de sumergirse en la sopa, meterse en un caldo propicio para tratar de ver claro. Entender, y después escribir. Tenés acá la máquina, papel, montones de lápices, lo que necesités. Usá mi pluma, te la presto, en una de esas rompés la barrera. El material bloqueado, como dirían algunos que conocemos.

—¿Y vos a dónde vas?

—Me voy de compras. Comida, esas cosas.

—¿Me dejás solo? ¿No me bañás?

—Te dejo solo un ratito. Para que te concentrés.

Se sentó en el sofá a esperar que Agustín saliera del

baño. Agustín la llamó para que fuera con él, que lo ayudara a secarse. Roberta decidió que no jugaría a la mamá, ahora, o a ninguno de esos juegos que antes podrían haber sido tan distintos.

Lo esperó a que saliera del baño, le prestó su robe de chambre y lo instaló frente al escritorio. Al menos tratá de escribir algo, anotá lo que puedas acordarte de la pieza que viste. Me hubiera gustado verla a mí también, quizá en la trama haya algo que nos dé la clave.

—No tenía trama, y ni me acuerdo de la pieza. Había un montón de personajes yendo de acá para allá. Gritando, arrastrando una bandera. Y un tipo que iba y venía acarreando una viejísima máquina de escribir que a veces le servía de tarima. Creo que era Brecht, representaba a Brecht. En fin, para no hablar de lo otro.

—En una de esas me animo a buscar el teatro para averiguar.

—No vayas. Te pido por favor que no vayas.

Roberta se puso el saco, agarró el bolso.

—Como te parezca. No me voy a meter en esa realidad si no querés, pero conviene estar seguros de que hay una realidad detrás de todo esto. Asegurarse de que existe un cadáver, aunque sea en el armario. No me voy a meter en tu realidad pero puedo traerte unos elementos para que te metás vos sin demasiados riesgos. Yo puedo quedarme tranquila de este lado de la metáfora, total es tu metáfora. El que tiene que trascenderla sos vos.

—No me lo recuerdes, no me lo recuerdes, se quejó Agustín.

Y al quedarse solo se metió en la cama y se tapó la cabeza.

14.

Como era de prever, Roberta intentó volver al lugar
del hecho, pero como no sabía dónde quedaba exactamente ese lugar recaló a mitad de camino en la tienda
de ropas antiguas. Quería llevarse el vestido, y una cha-
queta azul que le había quedado bien a Magú.

Bill le sonrió como si hubiera estado esperándola

—Oí decir que estaban por poner una obra ¿No necesitan un actor?

—Nos vendrías bien, le contestó Roberta y no men-
tía.

Si la obra algún día pudiera ser escrita y puesta en escena, Bill estaría perfecto en su papel del hombre que
entrega la entrada. Aunque Roberta lo preferiría de
víctima. Sí, Bill en el papel de Vic y la asesina sería ella,
en la obra, para saber qué se siente. Y nada de tiros a la
cabeza, a este bello ejemplar lo estrangularía de propia
mano.

—Sí, reiteró. Quizá yo también tenga un papel en la
obra, está abierta a todas las posibilidades, cuanto más
desafiantes mejor, si entendés lo que te quiero decir.

—Me gusta. También me gustás vos, podríamos
hacer una prueba de trajes.

—Seguro. Hoy elijo yo.

—Bueno es elegir. Y mejor es ser elegido.

Roberta se puso a buscar en las pilas de ropas y cortinas, se metió en los probadores, entre los colgadores
y los percheros, hundió los brazos en polvorientas puntillas. Bill se sentó sobre el mostrador meciendo sus
larguísimas piernas y la dejó hacer con una sonrisa.
Roberta sopesó terciopelos y rasos, descubrió para él
un chaleco de terciopelo bordado de lentejuelas. Vas a

parecer Otelo, le dijo. Pero me vas a gustar. Y yo ¿qué me pongo?

—Ponete esto, le dijo él metiendo la mano en una canasta sobre el mostrador y sacando unos trapos rojos. Se los tiró a Roberta que no estaba cerca y le dio en la cara. Querés guerra, ¿eh? dispuso Roberta y le empezó a pegar con lo que parecía ser un vestido largo. Bill saltó del mostrador muerto de risa y fue a refugiarse tras un gramófono de bocina y una pila de discos de pasta. A Roberta le gustó la idea y se puso a perseguirlo sin reírse, acordándose de Ava Taurel. Vamos, fiera, lo conminó mientras agarraba el primer disco de la pila. Se lo tiró como discóbolo y el disco fue a dar contra una lámpara de caireles que sonaron como campanillas. Bill manoteó un sombrero verde con rosas de trapo y se lo encasquetó a Roberta sobre los ojos. Ella trató de desprenderse y él saltó por encima de una mesa ratona cubierta de bibelots, Roberta rodeó la mesa, corriendo, tumbó un maniquí en el camino, se le quiso ir encima a Bill y Bill la abrazó sin encontrar demasiada resistencia, justo la necesaria para seguir el juego, y juntos cayeron sobre una de las pilas de trapos y vestidos. Roberta le envolvió la cabeza con un chal, él intentó atarle las muñecas con una boa de plumas.

Se estaban riendo a carcajadas, tan fuerte que casi no podían moverse, cuando entraron dos clientes. Empezaron a mirar a su alrededor, los vieron al abrirse camino entre el desparramo, llegaron casi hasta donde estaban ellos dos envueltos en los trapos y ya iban a protestar o algo cuando Bill pudo recuperar la voz para decirles Está cerrado. Bueno, contestaron los dos clientes y salieron robándose una cigarrera de cuerno que andaba por ahí entre los mil objetos del mostrador.

—Un precio hay que pagar, dijo Bill mientras iba a

echarle llave a la puerta.

—Van a ser las once, ya va a llegar tu noctámbula amita.

—Hoy mi amita es usted, doña. Pero si te referías a Monique te diré que no sólo no es mi ama sino que además está en Massachusetts buscando porquerías, como si no tuviéramos suficientes acá. Debe estar en Salem atendiendo a sus tendencias naturales, o hurgando una vez más en la casa abandonada de las marionetas. Qué lugar spooky.

Y se sacó la camisa, el jean, y quedó totalmente desnudo, espléndido bajo las luces de las lámparas de tela que le arrancaban colores a su piel oscura. A Roberta, todavía tendida sobre la pila de ropa y enredada en puntillas, se le despertaron todo tipo de ideas y de secreciones, pero él empezó a enfundarse en unas calzas negras.

—No me quiero poner ese chaleco.

—Sí que te lo vas a poner.

—No quiero ser Otelo.

—Lo que fuera, pero te lo vas a poner.

—Soy un leopardo, y se enfundó en un suéter negro de cuello alto, sedoso. Una pantera negra.

—Bueno, le dijo Roberta. Entonces yo no soy Desdémona, menos mal. Se arrancó las puntillas de encima y fue despacito despacito a buscar un larguísimo cinturón trenzado que había visto a la entrada de la tienda. Siempre soñé con hacer chasquear un látigo. Quiso revolear el cinturón pero casi más no tumba una estatuilla de biscuit a la que de todos modos le faltaba un brazo.

—Los leopardos no se amansan.

Yo soy una excelente domadora, gritó Roberta largando los zapatos a lo lejos como quien los escupe y buscando bajo un viejo sillón cubierto de mantones unos botines de taco muy alto que estaba segura de haber visto por ahí.

Les petites botines, les petites botines, canturreó en francés con la esperanza de estar representando un personaje de Buñuel. Pero no era cuestión de meterse en las graciosas botitas —que ojalá sean de su medida— trajeada de suéter y pantalón de pana. No. Siguiendo el ejemplo de Bill se sacó la ropa pero después no supo qué ponerse. Rápido, el chaleco de lentejuelas que había elegido para él, rápido un mantón de Manila alrededor de la cintura como un sarong. Domadora española, digamos. Olé! Así me gusta, gritó Bill y saltó sobre el mostrador. Látigo, látigo, gritó Bill, seguro de que ella no se iba a animar a darle demasiado al látigo, de todos modos inútil entre tanto chirimbolo. Y Roberta feliz, muerta de risa, sólo con ganas de fustigar el piso para hacerlo bailar a Bill, para meterle un poquito de miedo. Azotar la madera y que él salte al ritmo de ella. Y ese Bill, bien dispuesto a saltar pero no por o para sino sobre Roberta que se dejó hacer, hasta lo más hondo del dejarse hacer se dejó hacer, y después se sintió exultante y a la vez contrita por haberle sido tan poco fiel a Agustín. Fiel en el sentido de su búsqueda.

—Bill, le pidió como una hora después. Bill, contame del teatro.

—¿No te gustó el nuestro?

—Quiero decir si hay muchos teatros por esta zona.

—Está lleno. Teatros secretos que ni te soñás que existen. Teatros de pecado y de pecado artístico, que es el peor de los pecados. Hay también esos teatros tan pero tan gloriosos que apenas unas diez personas pueden verlos.

—Contame de los otros, ¿qué pecados?

—Los que quieras. Los que puedas imaginarte. Y no es una manera de decir. Es eso. Lo que puedas imaginarte. Vos lo pedís y ellos lo escenifican.

—Con uno de protagonista.

—Si eso es lo que querés.

—¿Y puede haber de todo, de todo, de todo?

—Sí.

—¿Hasta podés matar a alguien?

—Sí, si pagás lo suficiente.

—¿Y si no pagás?

—Entonces no. A menos que otro haya pagado para verte matar.

15.

—Y además te traje esta máscara de león, rey de la selva, para que te sientas con fuerzas de salir a la calle, viste, y un pasamontañas por si la máscara te parece un algo excesiva.

—Gracias. Preso por escándalo en la vía pública. Lo único que me faltaba.

—This is New York, baby. Tamaña figura jurídica no se conoce acá. Estas son calles de la pura teatralidad, imaginate si metieran preso por escándalo. Gimme a break! No les quedaría un alma suelta. Con lo colmadas que están las cárceles, por favor, y acordate: con lo colmadas que están las cárceles.

—Me hiciste afeitar la barba, me metiste al sol vuelta y vuelta. Ahora querés que tape tanto sacrificio. Rey de la selva de cemento. Me vas a volver más paranoico de lo que ya estoy, te aprovechás de mi indefensión. Ya no voy a poder salir más a la calle. Dejame en paz.

Roberta se encerró en el baño sin contestar. Se le había ido la mano, hay cosas con las que no se puede jugar aunque se quiera. ¿Hay? El había jugado, y contra lo que podía suponerse, había perdido. Abrió las canillas de la bañera, más para calmarse que para prepararse un baño. No estaba con uno que había alucinado un crimen. Estaba con un criminal víctima de algún oscuro, oscurísimo guión. Sin saberlo él lo habían metido en una escena para darle el papel más peligroso.

Magú como la verdadera vic. ¿Y Vic, quién había sido? ¿Su contracara negativa? Si fuera así de fácil. Si cierto día por la calle, en un cine o un teatro, nos diéramos de jeta con la persona que es la otra parte de nosotros mismos, la parte que no podemos tolerar ni siquiera admitírnosla, y entonces ¡pum! pudiéramos suprimirla sin más trámite y sin demasiadas complicaciones. Qué alivio. Y Magú no está aliviado, está más tenso que nunca si cabe, y quizá todo fue un error y el otro debió haberlo matado a él, el otro debió matar ésta su parte oscura y quedar del todo resplandeciente, livianito.

¿Y ella, a quién mataría? ¿Cómo habría de ser la otra asesinable de Roberta? ¿Escribiría la otra, la oscura? ¿Y si la otra estuviese en este mismo instante recorriendo el mundo para matarla a ella? En una de esas ya estaba avanzando por el largo pasillo alfombrado hasta su puerta, silenciosa como siempre y más que fascinante.

Al menos Roberta tenía con qué defenderse. Ahí

arriba en lo alto del armario alto, el revólver de Magú la estaba esperando.

Magú estaba dormido cuando ella se deslizó a su lado en la cama. O se hacía el dormido, y para el caso era lo mismo. Roberta apagó la luz y se abrazó a él, tratando de dormirse a su vez y lográndolo sólo a medias, llena de sobresaltos.

—¿Te acordás cuando uno se iba a dormir y se dormía, no más? ¿Sabés cómo se hace eso?

Agustín no sabía, no dormía

—Soy un hijo de puta. Te estoy arrastrando al miedo. Soy un egoísta de mierda, no tengo ningún derecho.

—Olvídalo. Ya estoy en el baile y sabés que bailar me gusta, después de todo.

El miedo es lo de menos, pensó Roberta. Me va metiendo en el peligro y quizá el peligro me guste más que bailar, más que nada. Otras cosas también me gustan y se me hace imprescindible volver a verlo a Bill, y hacerle algunas preguntas. El dijo que se puede matar gratis si otro está pagando, pagando para que mates o para verte matar. Para verte matar. Verlo a Magú el subrepticio. Agustín. No, santo Tomás. En fin, entonces hubo un testigo, un voyeur, un mirón que funcionó de testigo. El Gran Espectador sintiéndose omnipotente, y Agustín ese títere. Siempre hay otro. Siempre un ojo ajeno para meterlo a uno en la paja. No, en el pajonal. Y la aguja ¿dónde está? Demasiadas preguntas. Basta. No comentarlo con Agustín por el momento. No. Tampoco permitirle que se vuelva a meter en la boca del lobo; siempre esa idea, el lobo, que no se hunda más en esas fauces. Protegerlo. Meterse una en la boca jugosa, largándose a averiguar por cuenta propia, tratando de

67

entender, pero entender por los caminos más tortuosos que suelen ser los únicos de verdad esclarecedores. Seguir hurgando en lo inconfesable, de la mano de Bill, o no la mano, no, de la lengua de Bill, de alguna palabra no siempre pronunciada. A caballo de Bill.

En la duermevela, en ese espacio del estar acá y en otra parte simultáneamente, el cabalgar se le hace a Roberta primero muy mecido, hamacado, y después más brusco, como quien monta un camello. A su alrededor todo es desierto, interminables dunas que no arden y sí brillan bajo una luz fría, lunar. También ella lunar, transparente, y es casi feliz tras el hombre que va en el otro camello. O no. Van ahora en un jeep modernísimo, y dentro de la felicidad hay un pavor borroso. El hombre del jeep la acaricia, le dice cosas de cariño y ella sabe que no, algo oculta él mientras avanzan por las dunas cada vez más blancas, iridiscentes; algo se agazapa pero todo es tan del dejarse llevar. Por fin el frío la despierta, la arranca del letargo. Una ventana se ha abierto con el viento y de golpe está en su departamento, en su cama, y Agustín se agita en sueños como todas las últimas noches —tanto haberlo querido tener a Agustín largamente a su lado, y ahora teniéndolo sin estar segura de quererlo—. Es su casa, es su cama y es también su problema y la súbita comprensión del sueño o de la ensoñación, inquietante sobre todo en la vigilia. Porque lo había leído alguna vez y lo creía olvidado. Esas cosas no se olvidan. Los sádicos con plata que en el Cairo o en Alejandría o algún otro lugar a orillas del desierto compran del todo y de verdad a una mujer. Ni putas ni esclavas ni nada de lo previsible. Sólo bellas turistas dispuestas a pasar un buen momento. Las vende un alcahuete cuya única misión fue asegurarse de que ellas están solas y nadie las buscará por un buen tiempo. Ellas están de viaje, son libres y aceptan la idea de ir

a una fiesta en el desierto con algún amable jeque decidido a agasajarlas. Agasajarlas hasta la última gota,
porque el supuesto jeque ha pagado una suma sustanciosa y en el desierto, donde no hay marcas, la mujer
será impunemente suya para hacer lo que quiera y lo que
él quiere es matarla. O hacerla matar, según se ha insinuado.

¿Quién habrá pagado en este caso, y por qué? ¿Quién
habrá cobrado y cómo?

La víctima expiatoria sólo es expiatoria cuando conoce su destino y se entrega a él con cierto alivio, aceptando la idea si es cierto lo que de ella se cree, lo que
ella cree o intuye: que transitará hasta el otro lado para
hablar cara a cara con los dioses.

Las demás son víctimas a secas, son ese pobre Vic
para nada victorioso, de quien Roberta ignora hasta el
nombre. Ni quiere conocerlo. Si Agustín es un asesino,
y de eso no tiene dudas —el hombre que duerme desesperadamente a su lado ha cometido un crimen— si
Agustín es un asesino y si ella pretende ayudarlo a es-
clarecer su horror y protegerlo de sí mismo, entonces
tratará de transitar tan sólo los espacios demarcados
por él, respetando sus leyes.

Por milésima vez, en una nueva noche que amenaza
ser de insomnio, Roberta se cuenta la historia:

a hombre desprevenido le regalan entrada para teatro oscuro. El hombre se identifica con un personaje
masculino que tiene la tarea para nada masculina de
cocinar la sopa, con mucho chasquido de verduras, con
mucho rigor humeante. No un chef, es un hombre que
destapa la olla. Y la llena, y la hace producir aromas un
poco escatológicos, coliflores hervidas. Entonces el
otro hombre, el espectador al que le fue regalada la entrada, se las ingenia para hacerse invitar a la casa del
autor de la sopa y sin decir agua va, sin remover el cal-

do, lo mata. De un tiro a quemarropa.

Impulsado por vaya a saber una qué recónditos motivos si es que no ha sido impulsado por otro, en bambalinas. Y el hombre que mata es Magú, mi Gú, Agustín Palant, escritor silenciado dejándose llevar por sus tinieblas, y entonces ni qué tan mío, un Gú ajeno, propiedad de su propia víctima, marica de mierda. O no. Tratar de entender, como siempre, ponerse en su lugar, abrir alguna hendija. No ponerse a odiar, a matar en respuesta. Ahora tan sólo suspender el juicio e incorporarse al relato. Quizá todo esto tenga algo que ver con el amor, el tan mentado amor, cayéndose del otro lado.

16.

—¿Qué te hiciste?

—Salí temprano, fui a la peluquería, me cortaron el pelo, me lo tiñeron. ¿No te gusta? ¿Acaso sos el único que tiene derecho a cambiar de look?

—Derecho, si sólo fuera el derecho. Lo que tengo es una imperiosa necesidad, y es inaguantable. Vos podías haber seguido como estabas, sin burlarte de mí.

—Perdoname. No quise. Quise solidarizarme.

—Pedime perdón de nuevo.

—Perdón.

—Me gustás así. Parecés más frágil, intimidás menos.

—¿De qué me estás hablando? ¿Intimidarte, yo?

—Y sí, con tus pelos oscuros y rebeldes al viento. Ahora parecés más mansa.

—Oscuros y rebeldes no son los pelos, es el alma. También la lengua, donde no tengo pelos, te aseguro.

—A quién se lo decís.

Era pasado mediodía y Magú seguía en la cama. Cada vez se le hacía más difícil la posición vertical, vinculada a la acción y sólo en la cama de Roberta se sentía un poco protegido, preferentemente con Roberta al lado. La atrajo hacia sí, le metió un dedo en la boca y empezó a hurgársela con mucha delicadeza, buscándole supuestos pelos en la lengua. Al principio Roberta se dejó llevar por la delicia de ese tacto, después se sublevó porque lo sintió como una forma de desreconocimiento

—No me decía nada más de mi cabeza.

—No creo que éste sea el momento de andar preocupándote por modas.

—No. Es momento de andar metiéndose en otras pieles.

Y no dijo pieles oscuras, como la de Bill, porque esa no había sido la intención que la impulsó a ir a buscarlo, esa mañana temprano, sin la menor esperanza de encontrarlo en la tienda cerca de Tompkins Square, centro de los desamparos, donde por la mañana sólo había seres de otras galaxias paseando sus perros o el masturbador opa sacudiendo su larguísima y fláccida poronga al son de una música muy interior y misteriosa, haciéndola flamear como una bandera sin ánimo de transformarla en un ser vivo.

Más allá del parque de las motocicletas de los Hell's Angels tachonadas de incisivos metales y a un costado de sus biceps tachonados de tatuajes, estaba la dormida tienda de Bill donde oh sorpresa dormía el propio

Bill sobre almohadones de terciopelo y con cortinas de voile a guisa de sábanas.

Bill espió por entre los visillos para ver quién osaba interrumpir su sueño, y al ver a Roberta le abrió la puerta y también los brazos.

Bella, le dijo. Olvídate, retrucó ella, vengo a cambiar de sexo. Eso me gusta, tomá, te doy el mío, le dijo él. Por inconfesable vía, le dijo, así vas conociendo mejor la otra cara de la moneda. No vine a gustarte. Ah, macho, le dijo él, eso también me gusta. Todo te gusta, sos omnívoro. Y, sí. Ayudame, vine a pedir ayuda, tengo que pasarme al otro bando. Por arriba o por abajo, preguntó él. Empezá por arriba. Tus deseos son órdenes, dijo él y agarró una tijera y le cortó buena parte del pelo. Ya que no tenés otra cosa para cortar. Le quedó media nuca al descubierto, del lado derecho. Qué trofeo, gritó él. Animal, no esperaba tanto, gritó ella.

—Cualquier cosa se puede esperar de mí. Vos no me conocés.

—No, no te conozco. Pero empiezo a conocerte.

—Eso es lo que te creés. Vení que te corto el resto.

Estás loco. No, dejame, hay que emparejar un poco. Querés mi scalp, no te acerqués. Para eso viniste. No.

La lucha como era de suponer derivó en otra cosa. Más tarde fueron juntos a ver al amigo de Bill en la otra cuadra, peluquero de hombres, y Roberta acabó con el pelo rapado y teñido de rojo fosforescente. A Bill le gustó el resultado y le regaló el traje que ahora llevaba puesto. De hombre, claro está, compadrito de los años 40.

De esas transformaciones algo brutales y llenas de pasión, Magú sólo pudo atisbar los resultados. Pero fue él quien intentó rebautizarla, siguiendo el juego. Robbie, le dijo, y después Bobbie y acabó con esfuerzo por pronunciar Bob, pero dicho como una burbuja que revienta.

Roberta/Bob a Bill no le había vuelto a preguntar por los que pagan para ver matar o los que pagan por ser matados y esas aberraciones. Pero Bill sí retomó el tema de la tarde anterior preguntándole a ella cómo iba a ser en definitiva la obra de teatro. Roberta le narró algo muy vago sobre una máquina de escribir, de esas muy viejas y pesadas, que el protagonista acarrea por toda la escena. Bill ni mosqueó, no puso cara de ya sabérsela. La sopa ni fue mencionada.

Había sido mucho, demasiado para una sola mañana de noviembre. Roberta, Bobbie, Bob, Cabecita de Fósforo, tenía la cuota de histrionismos colmada. Histrionismos con posibilidades letales, para colmo. Se arrancó a manotazos el traje de hombre y la corbata, tratando de recuperar su piel, su nombre. Casi imposible, a esa altura. Corrió a encerrarse —ya se estaba haciendo una costumbre— en el cuarto de baño y se metió bajo la ducha humeante. Pero el color fuego no se le borraba de la cabeza ni le crecía el pelo. Y allí no más al alcance de la mano la presencia oculta y a la vez estridente del revólver, un arma de violación con la que un hombre, su hombre, el que ella creía quería hubiese querido fuese su hombre había despachado a otro hombre. Y todo quedaba de aquel lado de la testosterona, tras un umbral que ella no podría franquear aunque quisiera, aún podándose y transfigurándose.

En el salón-dormitorio, gran ambiente único y confuso, Agustín estaba también encarando lo inconfesable. De su billetera había sacado el recorte de diario, y desnudo se enfrentaba a la expresión de Edwina, una sonrisa de su Vic muy poco reconocible, arrugada, entintada, sudada por las manos de él y él allí a poros descubiertos como quien dice en carne viva desesperadamente queriendo y no pudiendo permitírselo, llevando ya la mano libre, apartándola, un paso más hacia la transgresión e imposibilitado de darlo mientras oye caer el agua en el baño y piensa también en la ducha de Roberta, Roberta como era antes sin tantos travestismos hediondos.

Y pensar, se dice Roberta, que esta cortina de agua es cortina de teatro, ahora, metida estoy en esta escena que no me pertenece. Metida a mi pesar en el teatro de la crueldad, el teatro de la muerte. Muerte de los otros, y el desgarramiento del amor sin siquiera saber si existe un amor verdadero, si aquí hay verdadero amor o dónde está emplazado.

Roberta ahora fuera de la ducha y el agua sigue corriendo, Roberta mirándose al espejo viéndose tan distinta, tan al borde siniestro de ella misma. Y pensar, y pensar.

Existe también una escena del crimen. Si pudiera poner un pie en ese teatro o en el departamento del actor que Magú ni menciona. Sólo Vic, sin siquiera saber si tiene o tuvo nombre propio, para Agustín. Porque él busca el por qué, y ella quisiera también saber el dónde. Un elemento la liga al acto terrible, deslumbrador: el arma. Se trepa entonces al borde de la bañera y explora con la mano el fondo del armario alto, último estante, entre viejos frascos de olvidados remedios. Encuentra el revólver. Mortífero como todos esos medicamentos que guarda por desidia y que han perdido su condición de tales porque ya no sabe para qué sirven ni qué son y pueden por lo tanto volverse venenosos. Son venenos. Otra fascinación para otra instancia. Ahora sólo acariciar el revólver e irle transmitiendo su calor y el calor de esa agua que sigue corriendo, metiéndola en la niebla. Espejos empañados. El revólver no, brillante porque ella lo manosea y aunque sabe que ella misma lo ha descargado igual piensa, quizá. Se lo pasa por la mejilla, despacito, se mete el caño en la boca y se acaricia el paladar como antes la había acariciado Magú. Y Magú mientras tanto del otro lado de la puerta está sin que ella pueda adivinarlo intentando un ritual con la fotografía de Edwina, lo que queda de esa foto, y no llega a animarse, no puede asumirlo del todo —como no pudo en su momento leer la noticia en el diario o buscar información concreta—.

Cada uno de su lado de la puerta del baño, sin saber del otro, tratando de encontrarse por los caminos menos claros, metiéndose en sus propias honduras.

Qué miedo al desamparo.

Agustín quisiera conservar para siempre ese recorte de diario ajado, manoseado, salpicado quizá, ahora, casi un guiñapo del que sólo resaltan los ojos. Por su parte Roberta sabe que si quiere protegerlo a Agustín y por ende protegerse a sí misma, debe deshacerse del revólver como sea. Una pieza de convicción en caso que se sospeche de Agustín o una pieza de colección en el otro supuesto caso muchísimo más aterrador de que el asesinato haya sido urdido por una mente infinitamente poderosa y perversa.

Roberta salió del baño, desnuda, y parecía tan extraña, ajena. Agustín notó por primera vez lo mucho que había adelgazado o mejor dicho lo que había ido perdiendo. Las curvas se le habían disuelto en esos días de búsqueda y allí frente a él estaba la que había sido Roberta, de pelo colorado rabioso ahora, muy otra persona, ni desvalida ni endeble, andrógina.

Ella también lo vio distinto a él y no por falta de barba o por ese leve tostado que le quedaba bien. Ni siquiera porque había matado a un hombre. Se trataba de algo indefinible, un aire como de gula satisfecha, un aire de ya está y qué le vamos a hacer. También de asco. El gato que se ha comido al pájaro y era un pájaro prohibido, mágico, como el fruto del árbol que todos conocemos.

Se miraron y desnudos se abrazaron. O intentaron abrazarse: un manotón de ahogados.

Hacía días que ya no era cuestión de hacer el amor, y menos de pretender que Magú reaccionara favorablemente. Pero esta vez Magú encerraba un secreto y por poco lo logra.

—Vamos. Arriba esos ánimos, muchacho. Ya ves que está levantando cabeza, le susurró Roberta más por él que por ella.

—¿Te importa mucho?

—No sé.

—Tu indiferencia me mata.

—No es indiferencia, Magú. Es desconcierto

(y más vale matar que ser matado, y más vale poner orden tratando de entender pero el orden trastorna lo otro)

—No es indiferencia, Magú, es desesperación. Desesperanza.

El no puede entender. De alguna forma él se siente completo por el momento, completado, como si se clausurara un ciclo. Lo que hizo fue hecho tan sin pensarlo que ahora siente una rara forma de satisfacción envuelta en náusea. Ganas de vomitar, la conciencia de que algo por fin puede ser vomitado y por lo tanto expelido de sí. No quiere vomitarlo, a pesar de la náusea, y es una náusea provocada. Fue su única manera de asumir el hecho, consumirlo, más bien, porque poco a poco y sin darse cuenta de lo que estaba haciendo se había comido el retrato de Edwina. Mero papel de

diario pero tanto más. Empezó lamiéndola como queriendo besarla y terminó metiéndosela del todo en la
boca y deglutiéndola. Ahora Edwina estaba en él, sin
imagen ni sexo. O no. Edwina toda imagen, toda sexo
incorporada a él. Empezando ya a rebelarse.

¿Dónde termina la destrucción y empieza la apro-
piación? ¿Dónde reside la secreta memoria del olvido?
Edwina —esa imagen, lo único que le quedaba de ella y
ya no hay nada— removiendo ahora los insoportables
recuerdos, los otros insoportables recuerdos, aquellos
de los que Roberta nada sabe ni aún transmogrifica-
dos, de los que él casi no sabe, todo un país dejado
atrás, un tiempo y un horror que no llevaba ese nombre (con gritos en la casa de al lado y desaparecidos).
No. Recuerdos intolerables de otras víctimas que,
como Edwina, no serán mencionadas de nuevo.

Aquello que nunca más debería ser reflotado, y
ahora estos resquicios de memorias enturbiándolo
todo.

Roberta interrumpió tanto discurrir silente y lo
abrazó de nuevo

—Vení, vamos a comer, le dijo. Hay otros impera-
tivos.

17.

Lo conozco tan poco, se va diciendo Roberta en medio de la noche mientras lo acaricia así como al descuido y él duerme tenso, sin poder entregarse. Lo conozco tan poco y heme aquí tratando de cuidarlo o quizá de absorberlo como quien mete despacio la pata en otra vida, como quien a imagen y semejanza se modela. Digo, sin exagerar.

Ella lo acaricia despacito y él en sueños no ronronea, se queja. Plañidero Palant. Murmura algo con un sí en francés en medio del sonido. Oui, oui. Agustín, lo llama entonces Roberta y él sigue gimiendo. Vamos, Magú, despertate. El no la nombra más a Edwina pero está lleno de ella. La muerte trasvasada y Magú como muerto.

—Qué te pasa, Agustín. Agustín, terminemos ya con este juego. Decime que todo fue mentira, todo apenas un querer escribir estúpidamente con el cuerpo. Decime que estuviste soñando y yo te acompañé a soñar.

—No.

—Entonces volvete a Buenos Aires. Empezá de nuevo. Metete en otra novela. Pero novela-novela. Sin teatro, sin dobles.

—Ya no se puede, chiquita. Dejame dormir.

—Y yo me voy con vos, en una de esas. Volvamos a ser porteños probos.

—Imposible. Está la marca. La nuestra y la de ellos. Demasiados cadáveres allá, contra uno solito aquí.

—Estás loco. Los de allá no son tuyos.

—Como si lo fueran. Todos somos responsables. Escarban y sacan cadáveres de todas partes, de debajo de las piedras. Es intolerable. Es una ciudad construída sobre cadáveres, un país de desaparecidos. No hay vuelta posible.

—Escapar.

—Sabés. No se escapa. Sabés, yo me quedo pero vos podés irte, no más.

—Sí. Con pelo fosforescente. Yo también estoy marcada, ahora.

—No quiero.

—Tantas cosas que uno no quisiera. No. Si al menos pudiera conocerle la cara al muerto. Dame más datos.

—Estás pidiendo otra cosa. Dormite. No hay nada que te pueda dar, no tengo nada.

—Tenés.

—No. Sólo un monstruoso cansancio. Dormí, pensá en tu novela, en otra cosa.

—Ahora mi novela sos vos.

Por la mañana Roberta parece haber recuperado su impulso vital a pesar de que le asoman las costillas, y baila para Agustín. Con las manos Roberta intenta ondulaciones orientales que Agustín lee como gestos de tachadura, como si quisiera borrarle a él esos recuerdos que ella en el fondo desconoce. La persiana veneciana está baja pero entreabierta, y entre uno y otro listón se cuelan líneas de sol que le dibujan a Roberta un mapa acebrado sobre el cuerpo desnudo. Roberta baila con más furia y Magú estira tímidamente la mano para atrapar esas rayas de luz que sobre el cuerpo de Roberta se van distorsionando, y la mano de él cada vez menos tímida, más atrapadora, pero las líneas se escapan, se esfuman como por momentos se le escapa el cuerpo de Roberta y por momentos no, esa piel tibia y ondulante, luminosa, iluminada, una vuelta, una curva de la grupa, una caricia, un manotón y otro.

Con furia. Caete, Roberta, así sobre el piso no más. Aplastada. Magú le separa las piernas. La abre con sus manos queriendo desgarrarla pero no, la abre y la penetra y la aplasta, le alza las piernas en una posición imposible y el codo de Magú se le clava a Roberta en el hombro, ella no puede desprenderse, tampoco quiere desprenderse, es un dolor afinado que se une al gozo, se deja superar por el gozo mientras Magú aúlla como nunca, va largando todo de sí y también el horror, un grito que se va convirtiendo en un gemido cada vez más suave, estirado, hasta quebrarse en sollozos, y Magú ahí tendido, ahito, sobre Roberta también ahita, y descalabrada, y quizá contenta.

Quedan tirados sobre la alfombra y algo está por ser dicho pero no se lo logra.

—Ves, todavía quedan hombres.

—Si usté lo dice.

—No lo digo. Lo hago.

—Sí, es una forma, no sé, me lastimaste el brazo.

—Disculpame. Tengo que reaprender, parece, todavía no reaprendí. Te quiero, te aprecio, no quiero lastimarte. Ni a vos ni a nadie. No quiero lastimar a nadie ¿me oíste? y mirá vos. No entiendo nada ¿cómo voy a entenderte a vos y aceptarte? Te hace falta un hombre sensato que no te lastime.

—No me hace falta nada de nada, en materia de hombres, digo. No me vengás con eso. El mundo está lleno de boludos que dicen lo mismo, eso de no entenderse y demás. Al menos vos tenés derecho, vos pasaste por una experiencia límite. Lo decís con causa.

—Hay tantas cosas de mí que no conocés.

—Por ahí ni quiero conocerlas. No puedo permitirme ese supremo lujo.

—Nada por saber, todo por saber. No importa, cambiemos de tema, hablame de la novela que estás escribiendo.

—Ya te lo dije, mi novela es ésta que estamos escribiendo juntos, de alguna manera. La otra ya no existe. Ha sido borrada, obliterada, está contaminada porque ahora forma parte de todo esto. O no. Podríamos decir que todo esto forma parte de esa malhadada novela. ¿Cómo separar el trigo de la paja? ¿Cómo saber dónde empieza la una y termina la otra o viceversa? La vida y la novela, quiero decir. Cómo explicar lo de las antenas, hacia dónde se dirigen las antenas como una necesidad de captar, de apropiarse de todo lo que por ahí anda suelto y alimenta y transforma la novela.

—No sigas, Roberta. Me duele.

—Yo tampoco quiero hacerte mal, quiero entender un poquito, la puntita nada más. La novela, la verdad, cuál es cuál. Las aguas se confunden y nos tapan.

—Ojalá fuera así, ojalá no hubiera distinción y una bala de plomo fuera una bala de papel.

—Y a la inversa. Seríamos indestructibles. Te das cuenta, Magú, Agustín, Vic, Vic porque vos también sos víctima y no debo decírtelo. Podríamos defendernos con la palabra escrita pero no puede ser, la letra impresa lo embadurna todo. Magú, Magustín, la letra impresa, fijate, qué aspiración de pacotilla. No nos queda otra. ¿Por qué no te olvidás del tiro por la culata y retomás tu escritura?

—Porque el tiro existe y mi escritura no. Yo no mezclo, como mezclás vos. Yo sé y sufro.

—Estamos perdiendo irremisiblemente el sentido del humor, Magustín, lo último que debiera perderse, después de la esperanza. Pensá qué culpa estás queriendo pagar, y por qué andás reclamando tanto castigo.

—No te metás conmigo. Nunca debí acercarme a

vos. Sos el dedo en la llaga. Dejame en paz.

18.

Roberta: Me temo que la obra de teatro que estamos
planeando empieza a tener connotaciones
políticas.
Bill: ¿Por qué decís eso?
Roberta: No sé. Algo que huelo en el aire. Antes no
estaba, y ahora
Bill: Ustedes los latinoamericanos
Roberta: Ustedes las minorías étnicas bien podrían no
resistirse a estas verdades.
Bill: No me resisto. Contame.
Roberta: Es que no sé
Bill: ¿No sabés qué?
Roberta: Nada. No sé nada del protagonista ni del
antagonista.
Bill: ¿No había una mujer en la obra?
Roberta: Ahora parece que no.
Bill: Bueno, meté una. Siempre es bueno y ade-
más me gustaría verte actuar.

Esa tarde ellos no actuaron. A Roberta le dolía el
hombro sobre el que Magú se había apoyado y le quedaba un olor a Magú que la hacía querer saber más de

él. Pero Agustín la había echado de su propia casa, de su escena. Así lo sentía Roberta aunque no había sido exactamente de esa manera. Era él quien había insistido en irse, volver a su casa, a su espanto, y ella había insistido en impedírselo. Con gritos y pelea en la que Agustín clamaba por su necesidad de estar solo. Hasta que Roberta se fue dando un portazo, y dio dos vueltas de llave para que él no pudiera salir a hacer locuras.

Primera etapa de Roberta: Bill, más por necesidad de refugio que de pasión. Segunda etapa de Roberta, con valentía y algo de imprudencia, el departamento de Magú con la intención de controlar lo controlable. Todavía tenía las llaves en el bolso. Una vecina la vio entrar sin preocuparse por ella. Por si acaso, Roberta le aclaró que venía a regar las plantas de su primo, que estaba de viaje. Magú no tenía plantas, la vecina le cerró la puerta en las narices sin escucharla. En el departamento había entrado lluvia y la moquette estaba mojada bajo la ventana. Por la escalera de incendio también había entrado un gato, a juzgar por el olor. Ningún otro cambio, ni siquiera el diario del último domingo frente a la puerta de entrada. Alguien se lo habría robado ya. Mejor. Casi dos semanas habían pasado desde aquello y todo como si nada. Mejor. Trató de secar la alfombra, cerró la ventana guillotina dejando apenas una hendija para que se fuera disipando de a poquito ese olor a pis de gato mil veces preferible al olor a asco y a miedo que rezumaba de ese mismo departamento en su última visita.

Poca correspondencia había encontrado Roberta en el buzón de Agustín. Unos cuantos panfletos, una tarjeta del obelisco de algún amigo porteño, carta del banco, la cuenta del teléfono.

Buscó la chequera y los documentos de Agustín para tratar de devolverlo a la vida. Como si eso fuera la vida, pagar las cuentas, cuando la gran cuenta que él tenía pendiente nunca podría ser saldada. Qué bodrio.

Fue al estudio y lentamente empezó a acomodar las cosas sobre el escritorio. Un ataque de orden se fue apoderando de ella y la obligó a vaciar cajones, a buscar las valijas para meter dentro la ropa de Magú. Las magras pertenencias del viajero, pensó. Tenía la intención de llevárselas a casa pero a tiempo se dio cuenta de lo sospechosa que resultaría saliendo de allí con un par de valijas a cuestas. Una escruchante más en este mundo de violadores de domicilios. Pensó en llevarle tan sólo el abrigo, el clásico gamulán de todo argentino que se precie, llevarle las botas para nieve porque ya se venía el invierno. Pero no, mejor dejar todo allí, bien preparado para una salida intempestiva que otros, si supiesen, llamarían huída. Todo lo de Agustín guardarlo en las valijas. Ni los calzoncillos llevarle. Que usara los calzones de ella y los suéters de ella y sus blue jeans y sus remeras. Ella le seguiría pasando su ropa más andrógina como para limpiarlo de su pasado, descargarlo. Le tejería, si fuera necesario. Aprendería a tejer para él. ¿Lo envolvería en su tela?

Se sentó sobre la angosta cama de Agustín a imaginar la escena. Como una araña, ella, tejiéndole y tejiéndole en derredor, hasta tenerlo del todo acorralado. Y después, ¿chuparle la sangre? ¿Para qué?. Era él quien parecía querer sangre, ella sólo trataba de ahondar en su secreto. Se acordó de cuando era chica, pero no tan chica ni siquiera adolescente, cuando a eso de los dieciocho años empezó a tener la sensación de querer romper al hombre para ver qué había dentro. Para alcanzar su esencia. Más que la idea de destrozar el juguete era la necesidad de saber, y de reconstruir a partir de lo sabido. Puede que al huevo le duela que le rompan la cáscara, pero el valor está en la yema, se había dicho entonces. Alusiva la muchacha, ¿no? se dijo ahora, tranquila después de haber hecho tanto orden, y un poco agotada.

La cocina limpia y la heladera vacía. Todos los libros en sus anaqueles como un resto más de New York. Los libros de bolsillo, habituales elementos del gran descarte, anexos de las montañas de basura ciudadana. Vaya una a saber cuántos de estos libros había encontrado Magú en la basura, prolijamente apilados a un costado de los tachos de metal porque hay verdadera conciencia de reciclaje y siempre aparecerá alguién más pobre o más lector o más voraz o más loco, si cabe. Si ella los tiraba, alguien seguramente recogería los libros de Magú a su vez recogidos de alguna otra pila de desperdicios, pero Roberta prefirió ponerlos todos en fila en la biblioteca, y no quiso ni pensar en llevarle a Gus sus libros favoritos. Nada del dichoso asesino contaminaría la casa de ella. Sólo la humana presencia del dichoso asesino y eso ya era demasiado.

Se echó sobre la cama, sobre el colchón ahora apenas cubierto con una manta india y se largó a pensar en todas las veces que la palabra asesino había contaminado su prosa—la de ella—. Y se empezó a preguntar si Magú no habría matado para resultarle interesante, o para acercarse a uno de sus protagonistas o, peor aún, para *ser* uno de sus protagonistas. O para reemplazar la prosa de ella, para ocupar los lugares que no le correspondían. ¿O será ella quien lo habría empujado o mejor dicho instigado desde una fascinación apenas insinuada?

Pero qué tanto sentirse el centro de la situación cuando Agustín sólo la buscaba a ella como tabla salvavidas. ¿Dónde estaría el límite? Entre lo escrito y lo vivido ¿cómo reconocer la frontera?

Metiéndose por esos derroteros para evitar la más

alarmante de todas las preguntas: ¿el que mata una vez no matará dos veces? Quizá esté queriendo enfrentarlo con su cuerpo, obligarlo a que le escriba en el cuerpo de ella con su propia sangre, la de ella.

Primero oyó un levísimo rasguño contra la puerta de entrada, como si un perro muy delicado quisiera entrar y no se animara a arañar del todo. Después creyó notar que el picaporte se movía, muy despacio al principio, a un lado y después al otro, y todas las preguntas se le borraron de golpe dejando sólo la respuesta del mencionado cuerpo, rígido, al acecho, y unos ojos muy rápidos mirando hacia dónde escapar.

Si lo único vivo del cuerpo son los ojos quiere decir que hay cuerpo y que reaccionará de la mejor manera posible, fue como si se dijera Roberta en el momento preciso de pegar un brinco y correr a refugiarse en el estudio de Agustín. Cerró la puerta en silencio y por suerte la llave estaba de su lado pero en ese instante se dio cuenta de que había elegido la peor solución, en caso de haber otras. Estudio sin ventana, apenas un ventilete alto con reja.

Se había ido a meter en esa trampa de muerte y parecería haber encontrado el límite que buscaba, quizá demasiado tarde.

Si estaban tras Magú se la llevarían a ella. Y por qué no, ella había estado jugando con el arma del crimen. Y con el criminal, para colmo.

La inocencia es siempre la gran ausente. Sólo está el miedo. Ese que ahora le acelera el corazón y le mete unos latidos que atraviesan las puertas. Un tambor que los va a atraer a su guarida.

No sabe si han logrado abrir la puerta, si ya los tiene a pocos metros. No se pregunta si será la policía, los teatrantes, los instigadores de asesinatos o sólo algún amigo buscándolo a Agustín por motivos muy ajenos al miedo. Total, todos pueden significar idéntico peligro.

Sentada en el piso, porque esa silla frente al escritorio donde Agustín escribe o desespera le está como prohibida, se dice qué muerte indigna, qué mierda. No piensa que ella nada tiene que ver con ese argumento sórdido, que no conoce ni de nombre al muerto. Eso no la hace menos cómplice.

Encubridora.

Encubridora, encubridora, repite como un mantra y por fin el corazón se le va acallando y deja que otros ruidos entren en el cuarto. Encubridora. No entra ruido alguno. Como si el departamento estuviese vacío, y el edificio, la calle, el mundo. Vacíos.

Del otro lado de la puerta del mínimo estudio de Agustín quizá la estén acechando en silencio. Una ratonera.

19.

Ya había caído la noche cuando por fin logró arrancarse de ese encierro que fue encierro dentro de su propia mente —propia muerte—. En el departamento no había nadie, nadie esperándola tras la puerta de entrada. Habría sido un borracho, equivocándose, tanteando. O sólo su imaginación y entonces no había límites y todo en ella era una indistinguible continuidad del miedo. A partir de aquel miedo tan difuso de la página en blanco, pasando por el miedo a aquello que se va gestando sobre esa misma página —lo que nos pertenece sin que podamos reconocerlo como nuestro— hasta este pavor de la amenaza externa, que podría parecer más real y sin embargo.

En un inesperado momento de la larguísima espera Roberta no aguantó más y pegó una estampida hasta la cocina, muy cerca de la entrada. Desde allí dominó todo el exiguo espacio de Agustín y supo que estaba sola. Pudo volver al escritorio y manotear, junto con los documentos y demás papeles que había apartado en horas lúcidas, lo que parecían ser los manuscritos de Agustín. Con más calma tomó su propio tapado, sus guantes, su bufanda.

Espió el corredor, vacío, echó doble llave como por última vez y salió corriendo escaleras abajo y no se detuvo hasta llegar a la avenida, tratando de recuperar el aliento.

Se dio cuenta de que todavía tenía las llaves en la mano y tuvo ganas de tirarlas por la alcantarilla para olvidar esa casa y ese pánico. No podía hacérselo a Agustín. Si es por eso, tampoco podía Agustín hacerle a ella lo que le estaba haciendo.

En fin. A recuperar la calma, la llamada sangre fría. Lo primero: asegurarse de que no la estaban siguiendo, de que esa no era una emboscada para que ella los guíe hasta la puerta misma de Agustín. Era difícil saberlo en ese mundo de gente, todos corriendo, escapándole al frío, y ella en una congelada esquina, tiesa.

Decidió entrar a un café para vigilar con más calma a través de las vidrieras.

Alguien pudo haberla seguido hasta allí. Alguien

puede estar pacientemente esperándola a la salida. ¿Quién? ¿Ese tipo con impermeable y sombrero requintado? Atuendo demasiado clásico. ¿Ese otro que iba y venía, mirando a todas partes? Un pusher de la pesada, seguramente. Nadie sería tan obvio; era gente del oficio la que lo quería a Agustín, y vaya una a saber de qué oficio se trataba.

Sí, podría ser ese tipo que compraba el diario y se quedaba frente al puesto como dudando, como esperando un taxi. No, porque ya se estaba encaramando al dichoso taxi y se perdía en el tránsito. Sí esa rubia con la cara medio tapada por un chal que entraba al café y se sentaba a la mesa de enfrente. No porque no, porque basta de paranoias y a otra cosa. A seguir adelante.

Ojeando, por ejemplo, la supuesta novela de Magú.

Abrió una de las carpetas que tenía sobre la mesa y de golpe se encontró sumergida en un mar de tachaduras, de borrones. Hoja tras hoja. Correcciones corregidas y vueltas a tachar. Un constante borrar y empezar de nuevo sobre la huella anterior. Sólo marcas. Palabras claras, pocas. No pudo tolerarlo. Abrió la otra carpeta, de elásticos, donde encontró cuadernos. Eran los diarios de Magú, la minuciosa, metódica relación de una impotencia, mucho más intolerable que las tachaduras y hasta que el sentirse perseguida.

Que todo acabe de una buena vez. Como sea.

Cerró las carpetas haciendo chasquear los elásticos y se levantó para buscar el teléfono público al fondo del café. Con la moneda en la mano descartó la idea de llamarlo a Bill. Basta de usarlo como única salida. Reservarlo. Pensar más bien en alguien con quien dejar esos manuscritos, alguien ni hispanohablante ni curioso de la literatura capaz de descifrar el secreto antes que ella.

Nadie me quiere. La frase le saltó de improviso a la cara, incongruente. Nadie me quiere. Y antes de dejarse tapar por la autolástima rescató un número de teléfono de su memoria y llamó a la persona menos previsible, la llamó a Ava Taurel. Bonito nom de guerre, pensó mientras discaba, bonito bonito, pensó, y era un conjuro para que Ava estuviera en casa y la quisiera apenas un poquitito, lo suficiente como para darle una mano.

—Necesito tu ayuda, reclamó sin siquiera decir hola.

—Roberta, hi. Como quieras. Vos sabés que lo mío es un sacerdocio.

—No se trata de lo que te imaginás.

—Yo me lo imagino todo, cualquier cosa. Mi fantasía no conoce límites. Ya te voy a contar, tengo unos proyectos sensacionales, voy a abrir una escuela, ampliar mis horizontes. Ya puse avisos en Screw, voy a alquilar oficinas, figuraré en las páginas amarillas de la guía.

—No me agobies. Parala. Sólo necesito que me guardes unos papeles por un tiempo pero es muy urgente. Te los tengo que dar ya.

—Salía para mi lugar de trabajo. ¿Estás lejos de mi casa?

—Bastante.

—Entonces tendrás que ir a verme en mi propia salsa. Me esperan. Anotá la dirección.

Ava con su atuendo de fagina: altas botas negras de tacos agudísimos, afilados, corset de raso negro con portaligas, medias caladas, una robe transparente también negra como velo de viuda. Y su rubia cabellera al viento, como quien dice, más walquiria que nunca, aunque jamás se haya visto walquiria alguna con semejante atavío.

Pasá, le dijo a Roberta que se había quedado plantada frente al escritorio de entrada, ante una gorda recepcionista de mirar beatífico. Pasá, insistió, estamos de fiesta, te voy a presentar a todo el mundo. Te va a gustar. Tus papeles vamos a dejarlos acá donde te parezca conveniente, en casa hay mucho bochinche y se pueden perder, qué sé yo, salpicar, esas cosas. Vos fijate no más y mientras tanto divertite, tomá unas copas, mirá. Esta es Sandy, nuestra anfitriona, una mujer de mucho dinero. Sandy, esta es Roberta, una escritora sensacional, acá va a encontrar mucho tema ¿no? después escribirá algo sobre nuestra humilde fiestita.

La tal Sandy le sonrió a Roberta con timidez, bajando un poco los ojos. Estaba desnuda bajo un vestido de novia de delicado encaje transparente, tenía los pechos al aire, una coronita de azares y unos 75 años, a juzgar por las flacas flaccideces. Su novio pertenecía a la barrita del cuero: torso descubierto y látigo al cinto.

—Son tan simples, le susurró Ava al oído, conmovida, mientras la internaba a Roberta por ese infierno casero.

¿Por qué ahora? se preguntó Roberta mientras ponía cara para saludar a la gente que Ava le iba presentando. Y ésta es una destacadísima dominadora alemana, le indicaba Ava y Roberta hola, hola, encantada, como en el más amable de los coctail parties neoyorquinos porque también era eso, mientras sobre el escenario una mujer con gran cuidado, casi con amor diríamos, iba maniatando a un tipo con largas tiras de cuero —negro, of course— y le ponía la capucha de cuero negro y uno por uno le iba cerrando los relámpagos, sustrayéndolo del mundo: el cierre de la boca para que no se oigan sus gritos, un breve cierre en cada ojo para que no vea lo que estaba por caerle encima, uno para la nariz, algo de asfixia. Así invalidado en todos los sentidos, con ganchos en los pezones, fue colgado de las muñecas e izado gracias a un complejo aparato de torturas medieval, madera y poleas, roldanas y sogas, que le hubiera interesado a Roberta como mecanismo en sí, desprendido de toda connotación sádica, si no fuera porque seguía preguntándose por qué a mí y precisamente en ese día, un salir de la sartén para.

Alguien apenas la rozó y le pidió disculpas. Un hombre de anteojos, taparrabos de cuero y muñequeras con pinchos. Disculpe. Llevaba un vaso en la mano, el hombre, y su actitud era cordial.

Cada uno se disfraza de lo que puede, musitó Roberta. Estos no son disfraces, son verdades, alguien le dijo. Como siempre.

Entre el mundo de gente con vasos en la mano charlando de grupo en grupo, vestidos o no del todo, con pinchos o con aros genitales y collares de perro, algunos estaban concentrados en sus situaciones íntimas. Alguna dominadora había atado un muchacho a una silla, con el pito al aire y amarrado como un matambre, el muchacho a su vez atado con una rodilla en tierra en imposible posición de tiro, golpeado, humillado. Mudo. Son placeres que no se expresan, no se dejan oir ni siquiera se perciben. Al menos no los percibía Roberta, conversando como estaba a pocos pasos, tratando de plantearles a otros la difícil pregunta: ¿qué lugar queda para la fantasía si todos los oscuros deseos logran hacerse realidad, se actúan? Siempre quedará un suplemento, le estaba contestando alguien cuando Roberta giró la cabeza y unos ojos azules muy profundos engancharon su atención.

Ojo con ojo quedaron clavados Roberta y el de los azules, y ya estaba él a su lado narrándole su historia.

—Me creí homosexual cuando me di cuenta de lo mucho que me gustaba esto, pero nada que ver, no crea, me encantan las mujeres. Y más me encanta la ropa interior femenina, de raso. Usarla, como puede ver, pero no se deje engañar. Soy bien macho. No hay duda, Roberta hubiera querido decirle, por eso usás visito celeste, corpiño celeste, porque sos varoncito. El no le dejó cabida a las elucubraciones, insistió Cuando no llevo puestas estas delicias me entrego a las fantasías, a pensar en el momento cuando me las pondré de nuevo; trato de alejar lo más posible ese día, hasta que no doy más.

Sus ojos ya no fueron para Roberta los de la seducción sino los del extrañamiento. Ojos blandos color Maidenform.

—¿Y usted, inquirió el celestito, la está pasando bien acá?

—No creo. No puedo dejar de pensar en toda esa gente que es y será torturada absolutamente contra su voluntad.

—Ah, no se me había ocurrido. No es mala, la idea.

Sobre el escenario el pobre —feliz— continuaba siendo castigado con método, con furia y con vara de mimbre. El aire se partía con cada chicotazo, volaba la sangre. ¿Por qué me quedo? era la pregunta de Roberta, esta vez muda; pero igual se quedaba.

También se preguntó si éste no sería el tan mentado teatro de Agustín, y entonces su inexplicable crimen sólo un montaje escénico.

Después de tanto miedo ¿qué es esto? El miedo se esfuma con el consentimiento y Roberta ya no se sentía en un mundo de amenazas. La amenaza parecía ser de cartón, allí, aunque la sangre volara de las nalgas del tipo a cada golpe. He aquí el verdadero peligro, la inédita ruleta rusa a la que todos allí jugaban: la contaminación, el ser salpicados por la probable muerte roja como en un Poe muy fines del siglo XX. Qué mala película, se recriminó Roberta, qué argumento tan pobre, me salgo de este cine. Y a punto estaba de unir la acción a la palabra cuando uno se le acercó —otro con collar de perro, de adiestramiento en este caso, con pinchos para dentro que se clavan al cuello en cada tironeo, otro de argollas y de ganchos, esposado con las manos en la espalda— y con su hombro le tocó a Roberta tímidamente el hombro

—Disculpe; mi ama, mistress Ava, quiere que vaya a ver cierto ritual. Muy aleccionador me dijo que le dijera y además me dijo que le dijera que soy su esclavo, el de ella y por ende el suyo de usted, que haga usted de mí lo que usted quiera. Puede llevarme atado de la cadena hasta los pies de ella.

—Decile a tu ama que por hoy basta. Mostrame la salida, y acá te meto estas carpetas bajo el brazo para que se las llevés a Ava de mi parte y decile que las esconda donde mejor le parezca. Por favor.

—¿Por favor? ¿Me pidió por favor? Mejor váyase, no más. Este esclavo cumplirá sus órdenes.

20.

—¿Te das cuenta de la hora? Me dejaste encerrado todo este tiempo. ¿Qué querés, un prisionero? Ya lo tenés, sin necesidad de andar echando llave. Estoy en tus manos. Casi me vuelvo loco ¿Dónde te metiste?

—Nadie se ocupa de mí, empezó a gritar Roberta. Y yo me tengo que ocupar de todos. Nadie, nadie, sollozó Roberta y no pudo seguir por los hipos. Desesperado llanto que se le había ido acumulando por meses, años. Desde que lo conoció a Agustín o quizá desde mucho antes, en un lento camino de desarraigo. ¿Qué hago en esta ciudad? trataba de articular, echada sobre su cama boca abajo, con la cabeza metida entre los brazos. Nadie me cuida acá, todos me acechan, me acosan, me acusan.

Agustín la dejó hacer, paralizado y también indignado. Le estaban robando su papel, habían venido a respirarle el aire, a decir su parlamento, a quitarle el espacio de la conmiseración y a robarle candilejas. Roberta ni se dio cuenta. Después de llorar por un rato larguísimo sin poder ni querer contenerse, vaciándose, se había quedado dormida con la cara hundida en la almohada.

Agustín también, de golpe, se sintió vacío y pudo arrancarse del sofá donde pensaba pasar la noche. Se metió en la cama al lado de Roberta, en el poco espacio libre, del lado de la pared, que detestaba, y la abrazó con fuerza. Somos unos náufragos, le dijo al oído, pero ella no lo oyó y no pudo objetarle que náufrago sería él, ella era apenas un polizón del naufragio.

Quiero amor, fue lo primero que dijo Roberta al despertar, los ojos hinchados y la almohada todavía húmeda.

—Me pedís lo que no puedo darte.

—No hablo del amor físico.

—Tampoco te puedo dar del otro.

—No te lo pido a vos, no te hago reclamos. Quiero que haya amor, quiero sentir amor y quiero poder expresarlo. En todos lados.

—¿De qué amor me estás hablando? ¿Qué clase de amor puede haber cuando se mata?

—Los hay que matan por amor. Olvídalo.

II

1.

¿Qué hacer con este nuevo sentimiento del vivir distanciada de una misma? ¿Qué tonalidad darle, se pregunta, a aquello que se extrae, extrañando, de entre las propias sábanas, en una viscosa espeleología de los recuerdos?

Hay largos patios con macetas, hay una gran jaula de pájaros ¿vacía? Hay atardeceres y permutaciones. Miradas. Con los patios quisiera tapar otras regiones que claman por no ser vistas. El clamor ensordece.

Se trata de un latente estar en otra parte y no querer saber de esa otra parte.

Roberta.

Roberta se escucha y a veces trata de escribir, buscándose, sin tener en cuenta que es en la escritura donde mejor puede perderse.

Magú se niega terminantemente a salir de su casa —la de ella— y poco a poco también ella ha ido quedando atrapada en esa seguridad de ovillo, de concón despreciable. Agustín ya no es más él, es otro, ascético, de pelo largo y con piel de asesino. Roberta a veces lo acaricia y él se deja, a veces.

Los días pasan, un mes o más; quizá esté nevando afuera.

Los cheques de la beca le llegan a Agustín al banco, Roberta se encarga de manejar las cuentas con tarjeta o por correo. Tienen estampillas como para mandar cartas hasta el final de sus días, el único camino que hay que hacer para no desengancharse completamente del mundo es el que lleva al incinerador, por el largo palier, pasando por la boca del buzón interno que conecta los pisos. El teléfono está en sordina, el contestador está conectado y los mensajes se reciben pero no se escuchan. Por lo tanto tampoco se devuelven. ¿Qué más? Sí: uno solo de los múltiples porteros se preocupó por ella y subió a ver si estaba bien, si necesitaba algo. No, le dijo Roberta, gracias, esto es una propuesta artística, sabe. Living art. Me voy a quedar encerrada en casa hasta que llene todos los casilleros de mi vacío interior. Después el resultado lo expondré en el New Museum, sabe, ahí donde se presentaron esos dos que pasaron un año atados entre sí por una cuerda. Yo no estoy tan loca, la mía es una propuesta más profunda, le explicó largamente al portero porque sabía que esa iba a ser su única posibilidad de divertirse. Y le dio sus últimos dólares en efectivo. El hombre aportó superabundancia de estampillas, contento de formar parte de una obra en progreso.

Agustín ni fue mencionado, Agustín se supone que ahí no está, y este portero —no los otros— a veces hace un comentario amistoso por el intercomunicador cuando anuncia la subida de los envíos de comida.

Por teléfono se pide la comida a los diversos y muy variados restaurantes étnicos de la zona, por teléfono Roberta al principio hizo el amor con Bill mientras Agustín estaba en el baño. Ya no. Ya no soporta saber que hay otro mundo apenas ocho pisos más abajo.

Y eso que Magú pasa larguísimos períodos en el baño, visitándose. Se ha quedado sin su barba, se ha quedado sin su ropa, sin su nombre; dejó de conocerse cuando apretó el gatillo. Hasta sin su amor por Roberta se ha quedado si es que alguna vez amó a Roberta, si Roberta lo amó a él. Se ha quedado apenas con un odio que no estaba en absoluto ahí cuando apretó el gatillo.

Bitch, bitch, le dice al espejo y piensa en lo tajante que puede ser un insulto en inglés. No piensa a quién está dirigido, tan sólo repetir la palabra. Bitch. ¿Roberta? ¿La otra, la que de alguna forma lo metió en esto, la inmencionable? Perra, perra. Frente al espejo. Y sin querer darse cuenta de golpe se da cuenta de que se está insultando a sí mismo, no más, por haberse dejado llegar hasta este punto sin centro.

El, que siempre había apreciado las formas de pura geometría, la cristalina belleza de las matemáticas. Y así había escrito y así había vivido su vida: peinándose la barba, ajustándose bien el nudo de la corbata cuando usaba corbata.

Salió del baño con lágrimas en los ojos y Roberta que iba camino al baño algo percibió y le abrió los brazos. El se desmoronó en ese abrazo, sollozando.

Puta, exclamó Roberta, llorá que te hace bien, dijo Roberta. Todo por suerte en voz muy baja, inaudible casi, dejándolo a él libre del lugar común y llorando con llanto propio.

—Si cada lágrima fuese una palabra, dijo Agustín cuando pudo recuperar el habla, si cada lágrima fuese una palabra ya tendría escrito todo un novelón.

—Patético. Las lágrimas no estampan, borran. ¿No

te diste cuenta? A veces hasta borran la culpa.

—Estás desvariando. La culpa nunca se borra, aunque seas inocente. Imaginate cuando sos culpable.

—No hago más que imaginarlo. Imagino, día y noche, dormida y despierta ¿Qué más querés que haga, acá encerrados? Perdí la medida del tiempo.

—Yo no

Descorrió la cama y allí estaban en la pared, los palitos tachados, dos filas, cada día vertical anulado por su propio paso con un trazo diagonal, cancelante. Ni un palito fresco, sin tachar: no había límite a la condena.

—¿Dónde aprendiste esto? Son manías de penado

—No importa. Acá tengo escondido el lápiz. Te lo presto, si querés.

—Todo este tiempo perdido, Magú, y además perdido lo otro, el sentido del humor.

—Por lo útil que

—No, por lo agradable. Perdimos la risa, todo. Estamos juntos desde vaya a saber cuántos palitos y casi ni hablamos. Ni el diálogo nos queda, Magú.

—Quizá nunca lo tuvimos, dijo Agustín subiéndose a la bicicleta estacionaria y poniéndose a pedalear.

—Ibamos a escribir una obra de teatro, estábamos tratando de indagar, y ahora nada. Pará, querés. Hablamos un poco.

—No se gana nada hablando, resolló Agustín agitado, pedaleando cada vez con más furia. Volvé a tu literatura y dejame con mi ejercicio. Es lo único que me hace bien, puf, puf. Ya voy a 30 kilómetros por hora.

—No jodás más. Hablemos.

—33 kilómetros. Hablame, mirame; exigencias. Basta.

—Volvé, Magú, volvé. No te rajés que no sirve de nada.

—Sirve y no grités, gritó Agustín como desde muy lejos, transpirando, agachado sobre el manubrio de la bicicleta estacionaria, dándole más y más a los pedales.

—Bueno. Me estás dando una idea para un cuento. La protagonista se va a llamar Yolanda.

—El protagonista soy yo, protestó Agustín largando los pedales.

—Vos sos el antagonista, el agonista. No me jodás. Si querés, retomá tu vehículo y volvé, pero no jodás.

—Quiere decir que ya te jodí lo suficiente.

—Quiere decir que eso de mens sana in corpore idem será todo lo sano que quieras pero no hay que escindir. Ni distribuir los roles. Ya me tenés harta queriendo sacar el cuerpo, vos. Yo también me quiero ir.

—Te presto la bici, che. Pero asegurala bien cuando te bajés, no te la vayan a robar.

—¿Alguna vez soñaste con eso de encerrarte con una mujer y tragarte la llave?

—Sí. Es una pesadilla.

—¿Dónde vamos, hoy?

—Al Pakistán.

—Fuimos a la India, ayer, se parecen demasiado.

—¿Ahora andamos con medidas de tiempo? ¿Qué es ayer, hoy, mañana, en esta larga noche que nos rodea? El mundo es nuestro: vayamos al Japón, a Cuba, a México. Vayamos a Java o a Tailandia.

—¿Qué tal la Argentina?

—Me cae pesada. Prefiero volver al Punjab; todavía queda lamb khurma en la heladera, vamos.

—De nuevo pedaleando.

—Hay que bajar el mundo. Comida indigesta.

—Te querés escapar.

—Valiente idea. Claro que me quiero escapar y quiero estar preparado cuando llegue el momento.

—Corpore sano.

—Y dale. Había una vez una fábrica de cemento perdida en medio de una serranía, en un país del sur que no quiero nombrar. Presos políticos trabajaban ahí como esclavos y el polvillo de cemento les destrozaba los pulmones. A la entrada de la planta había un cartel: mens sana in corpore sano. Y una presa estaba afectada en permanencia frente al cartel para quitarle cada cuarto de hora el polvillo que lo tapaba.

—¿Lo sabés de primerísima mano?

—Sí. Lo leí en una novela.

—Sé que puedo salir cuando quiero. Pero me siento encerrado, como si no fuéramos a salir nunca más.

—Tampoco se está entrando mucho, como quien dice. Disculpame.

—Yo ya estoy dentro. Absoluta, total, profunda, insoportable, irremisiblemente dentro. Y me siento tapado. Yo no quiero salir, o no puedo.

—¿Siempre vas a cambiar de canal cuando empiezan las noticias?

—Por supuesto.

—Estamos fuera del mundo.

—Estamos.

—¿No somos escritores, por sobre todas las cosas? ¿El escritor no es acaso un testigo? Yo quiero saber al menos qué estará pasando en nuestro país.

—Tu país, querrás decir. Yo ya no tengo país.

—Creo que no puedo levantarme más, estoy agotada.

—Vení, te llevo a dar una vuelta en bicicleta.

—No. Mejor hablame.

—Vestite, entonces. Y abrigate bien que vamos a salir y está nevando, me parece.

¿Y a dónde vamos?

—Al balcón.

—Epigramáticos, nosotros dos. No hay comunicación.

—La comunicación no existe. Está muerta, la maté yo.

—¿Te acordás de nuestra pieza de teatro, la muy nonata?

—No me hablés.

—¿Te acordás del amor?

—No me hablés.

—¿Te acordás de mí?

—En lo único que pienso es en eso que no recuerdo para nada: el momento del tiro.

—Levantate, por favor, levantate. ¿Qué hacés tirada sobre la alfombra, desnuda, como muerta? Me asustás.

—Estoy tomando sol en una playa del Caribe, bajo los cocoteros. Se oye el ruido del mar y es todo lo que oigo. Hay tanto silencio aquí. La arena está tibia, vení a tomar sol conmigo.

—No, movete. Hagamos gimnasia.

—Estoy ocupada. Estoy a punto de entender eso de escribir con el cuerpo.

—Escribir qué.

—No sé. Ya me lo va a decir. Mejor dicho, no, no me tiene que decir nada. *Yo soy* mi cuerpo. Lo que voy a poder es por fin ponerlo en palabras. Creo. Dejame atender.

—Cosas de mujeres. Al cuerpo hay que forzarlo, disciplinarlo.

—Mirá vos.

—Un dos, un, dos, undos.

—No puedo verte más echada sobre la alfombra. Si te levantás te cuento un cuento:

un hombre rico vive sobre el Museo de Arte Moderno. Un día encuentra —sabe que la va a encontrar— una ficha del guardarropas del museo en su buzón. Va al guardarropas, a cambio de la ficha le dan un portafolios. En el bolsillo exterior del portafolios hay una nota que dice Vaya al baño y siga las instrucciones. El hombre sale del baño vestido con ropa interior de mujer, paga la entrada al museo, se sienta frente a los Pollock, se cruza de piernas y bajo su pantalón asoman las medias de mujer, caladas. Creo que las usa con portaligas y lleva corpiño, pero no se le nota. Alguien se sienta sobre la butaca, a sus espaldas. Una voz le dice al hombre Ahora suba a su casa, acuéstese en su cama y póngase la capucha que está en el portafolios, ella va a subir pero usted no debe verla; ella va a subir y le va a dar su merecido, le va a dar su merecido.

—¡Esas son cosas de Ava Taurel! ¿De dónde sacaste la anécdota?

—De tu contestador automático, encanto. No me gustan tus amistades y menos me gustan sus mensajes y menos, mucho menos, me gustan las capuchas. Detesto las capuchas. Me traen malos recuerdos.

—Vos podés irte cuando quieras.

—¿Me estás echando?

—Todo lo das vuelta, lo tergiversás. Ahora vas a hacerme creer que yo te encerré cuando la que está aquí encerrada soy yo. Por vos.

—Nadie te retiene. Podés salir todo lo que quieras.

—Yo no salgo porque tengo miedo ¿y vos? ¿O te creés que no pienso que nos pueden estar vigilando con largavistas? ¿O te creés que tengo las persianas bajas porque me molesta la magra luz de invierno?

2.

—Fue sin querer. No tengo la culpa de haberla matado.

—¿Cómo?

—Que no tengo la culpa de haberla

—Me habías dicho que era un hombre.

—Te había dicho. Y te mentí. No sé por qué te mentí. Total, para el caso es lo mismo. Creo que no quise ponerte celosa, no quise complicarlo todo como si todo no estuviera ya irremisiblemente complicado. Es lo mismo ¿no te das cuenta? Hablábamos de Vic cuando todavía podíamos hablar de eso. Y además, un hombre no se iba a poner a hacer la sopa. Pensé que te habrías dado cuenta.

No. Roberta no se había dado cuenta, ni se le había ocurrido. De golpe necesitaba tiempo para pensar, y sobre todo espacio, necesitaba espacio. Su primera reacción fue querer sacarlo a Agustín a patada limpia de la casa. Tirarle todas sus pertenencias por la cabeza y echar el cerrojo

pero: no había allí pertenencia alguna de Agustín
pero: ya estaba ella demasiado metida en ese enredo como para solucionar algo echándolo
pero: no le quedaban más fuerzas.

Empezó a sentir frío, se metió en su walk-in closet a buscar un chal o algo, tiró de la cuerdita para encender la luz y vio todo ese desorden que la configuraba, volvió a tirar de la cuerda, cerró la puerta y en la oscuridad se hizo un nido entre suéters y buzos, pantalones, mantas, chales y un viejo sacón de piel que estaban tirados en el piso.

Como en la tienda de Bill, pensó. Por qué no se me ocurrió antes, pensó. Y se quedó dormida.

3.

Agustín se ha fabricado un par de pesas con unos pisapapeles de bronce. Tendido sobre la alfombra parece estar trabajando los triceps. Después se da vuelta, de cúbito ventral, y empieza a hacer flexiones. Lagartijas las llaman en México, se dice, como si para él no existiera más que el ejercicio y las palabras que lo definen.

Un hombre que se aferró a un revólver
cortar consigo mismo
no parece notar la ausencia de Roberta
ni piensa en su propia mentira
asesino y mentiroso —demasiado peso, mejor los pisapapeles.
un, dos, arriba, abajo. Inhalar, exhalar.
lo que cuenta es la respiración, el soplo vital
carajo
a Roberta le importa el amor
ya ni lo menciona, por eso
¿qué será el amor? ¿matar por amor?
por amor desplazado

Pero entonces la bala hubiera ido al corazón, no a la sien. Fue como si hubiera querido hacerle volar las ideas. Reventar el pensamiento.

Yo soy el que quiere dejar de pensar y no puede. No puedo. Un, dos. Arriba, abajo. Working out como dicen acá. ¿Trabajando hacia fuera, para fuera, fuera? Es decir largando todo el lastre, como si fuese sudor el pensamiento.

Roberta se metió en el closet y me gustaría que se llamara Constancia, se lo merece.

le dije hombre, no le dije mujer. Y me afeité la barba.

signos externos, todos

en las profundidades hay otros, indescifrables signos

¿Constancia saldrá, nacerá para mí, o será para siempre una cuña metida en esta casa, una cuña más en mi conciencia?

Constancia salí de tu doble encierro, Roberta, Bobbie, Bob. Perdoname. Necesito perdón, necesito perdonarme a mí mismo y no lo logro.

La gimnasia como castigo. Como trabajo forzado. Los presos, la fábrica de cemento, los presos, los desaparecidos, los forzados. Como un galeote, para expiar las culpas. Para aflojarlas, metido en esta galera que es mi cuerpo sin concederme ni un respiro, sólo el inhalar y exhalar de la gimnasia para ir ayudando en esta especie de remada que me empuja lejos de mí, cada vez más lejos de mí y de mis contriciones.

4.

Dentro del placard, Roberta, perdida en sus terrores nocturnos, los mismos que en su infancia la despertaban en medio de la noche y la dejaban pegada a las sábanas, a veces, y a veces la impulsaban a avanzar por los largos corredores de la casa a oscuras, en verdadero acto de arrojo, para asegurarse de que la puerta de calle estuviera con llave y era ella tan chica que apenas alcanzaba el picaporte.

Ahora al menos sabe que los miedos de las últimas

noches agustinas no son fruto de la amenaza externa ni siquiera de la posibilidad no descartada de que a Agustín le vuelva a dar otro arrebato. Suponiendo que haya sido arrebato, suponiendo que la cosa haya ocurrido y no sea otra de las nuevas mentiras de Agustín. Había sido mujer, no hombre, ¿qué habrá querido decirle Agustín desde un principio?

Alguien sembró en ella una semilla de terror. O es semilla propia y ha crecido. Si es así,

si el miedo no me viene de fuera, me digo puedo decirme digo Esta Soy Yo: mi miedo. Mi miedo es parte de mí y no hay de qué asustarse. Agustín. Agustín, este miedo que es parte de uno es el peor de los miedos. Puede hacerte matar este miedo al querer suprimirlo a él, el miedo.

5.

Era ya de día cuando Roberta emergió de su madriguera, y quiso saberlo, quiso ver la luz externa. Por primera vez después de tanto tiempo en tinieblas izó las persianas. Un reflejo de nieve invadió la pieza tan cargada. Los fantasmas de fuera no la asustaban más, ahora estaba segura de que todo el terror estaba contenido ahí dentro.

Magú dormía atravesado sobre la cama, boca abajo, la cabeza apoyada sobre un brazo, todavía enfundado en el equipo de jogging de Roberta, la transpiración casi seca. Más que durmiente parecía un despojo. La marea lo había arrojado a esa playa y ahí había quedado sin siquiera escarbar en la arena, sin meterse bajo las mantas.

—Magú, lo llamó Roberta cuando estuvo listo el café, quiero decir Agustín, Agustín Palant, es hora de que toquemos tierra firme.

III

1.

Vamos saliendo despacito. Vení, vamos avanzando, un pie después del otro, vamos con cuidado como si no nos quedara más remedio, como si sólo pudiéramos ir hacia delante. Así. Te tomo de la mano y seguimos.

(¿La mano? Yo no quiero que me tomen de la mano, detesto que me guíen. Me enfurece. No soy ciego, conozco mi camino. Creo. No, no lo conozco. No tengo camino. Nadie me puede señalar lo que no tengo)

Cerrá los ojos. Sigamos andando. Vení. Con cuidado, con cariño. Vamos, Gus, apretá el paso, sin pisarles la mercadería a los vendedores callejeros. Así. Sobre el hielo, con cuidado, sin pisar los trapos, los pantalones y zapatos y vestidos viejos desplegados sobre la vereda, sin pisar las viejas revistas en venta puestas como alfombras que tantos habrán pisado y seguirán pisando.

(Yo no piso, levito. No quiero poner más un pie en estas calles)

Vení, Vamos bien, no te preocupés por los autos, yo te voy guiando. No abrás los ojos. Ya llegamos frente al gran cubo negro ¿te acordás? el enorme cubo de hierro, parado sobre un vértice. Una escultura, dicen. Algunos lo están haciendo girar con esfuerzo, se ríen. Abrí bien los oídos pero no los ojos. Nunca los ojos. Al cubo le pintaron unos redondeles blancos y ahora parece un dado. Es un dado gigante.

(Un coup de dés)

Movete, Gus. Ya sé, estás pensando en eso del azar. Qué azar ni qué ocho cuartos. No te detengás, no pienses más. Pronto vamos a llegar, después sabremos dónde, para citar a nuestro gaucho ilustre.

(Como si fuera fácil, moverse. No quiero que un pie mío se adelante a mi cuerpo y me traicione. No quiero más traiciones de mi cuerpo)

Hay que cruzar la calle, Gus. Cruzar una calle y después otra y otra. Yo te voy conduciendo. Ahí está la horrible, amenazadora boca del subte, boca de bruja desdentada, lengua verde pero no, nos la cambiaron. Si abrieras los ojos —no los abras— verías qué distinta está. Ahora tiene como un kiosko de techo abovedado, parece un gran invernadero como aquél del jardín botánico de Baires ¿te acordás? ¿Vos ibas al botánico, allá, te paseabas por esos caminos plagados de gatos entre plantas con cartelitos, llegabas al invernadero central, el de estructura metálica verde, de aire tan francés como de cuadro impresionista, te daban unas ganas locas de entrar y siempre lo encontrabas cerrado? ¿Cuántas veces nos habremos cruzado por esos caminitos o nos habremos sentado en el mismo banco sin reconocernos? Y ahora acá tan juntos y tan lejos, ahora acá pasando frente y dejando atrás la nueva estructura sobre la boca del subte que lo devuelve a su forma original de los años 20, según dice el cartel pero no te dés vuelta ni abrás los ojos, lo devuelve a su origen y nosotros como en la máquina del tiempo, y del espacio y del lenguaje, de la memoria, de esas cosas que nunca nos van a devolver a

(No tengo por qué escucharla. Que no me lo diga, bastante con estarla siguiendo, jugando con ella a este estúpido juego de la gallina ciega como si tuviera los ojos vendados, como si estuviera tabicado como decían entonces, con capucha como los otros allá. Yo no quiero ser ellos, no los quiero ver, no quiero, nunca quise, allá en mi tierra no quise y ahora no quiero ser como ellos, no tengo por qué entrar en este juego)

Esto tampoco estaba antes. Es asombroso. Creo que vas a tener que abrir los ojos, no más, nos lo cambiaron todo. Este barrio es otro, ya no puede meterte miedo. Ya no. ¿Qué había antes, acá donde ahora está este bar postmodernista? ¿Antes qué había, en esta esquina y en la otra? ¿Antes hace cuánto? ¿Estuvimos encerrados tanto tiempo? Ahora hay una galería de arte acá, fijate vos, en este barrio, nada menos. Y otra galería y otra. Es como estar metidos en un sueño. Vos apoyate en mi hombro nomás, ya vamos a llegar a Tompkins Square. Al parque no lo pueden haber cambiado tanto. Los árboles de siempre, los robles, las ardillas, los terrores agazapados en las sombras. En el parque vamos a encontrar un punto de referencia. Esta calle parece mucho más transitada que antes. Ya no hay miradas aviesas, casi no hay sombras ni bultos que se menean. Es como si le hubieran abierto paso a la luz, qué sé yo, y no es culpa del frío, es otro imponderable. Hay más negocios y son más claros, parece que barrieron a todos los traficantes de drogas, hay un clima de sonrisas por la calle, ¿te das cuenta? Esto es el Lower East Side, Loísa, el Bowery, el peor de los sitios, ¿quién hubiera pensado aquí en sonrisas?

—Acabala, che. ¿Ya llegamos al parque?

—¡Guau! ¡Hablaste! Creí que la máquina de pensar te había comido la lengua. Como los ratones que le comían a uno la lengua en nuestra infancia, nos decían. Te la oigo a la máquina de pensar, haciendo crac crac con sus engranajes mal aceitados, haciendo crunch crunch, comiéndote las neuronas. Como cuando hacíamos el amor ¿te acordás, hace añares? Yo te oía la máquina de pensar en plena marcha furiosa justo cuando debía quedarse calladita en su rincón, quieta como agua de estanque. No te deja vivir, la máquina.

—La muerte es la que no me deja vivir. Y tu cháchara, que la engloba. Haceme el enorme favor de callarte.

—Pero sigo siendo tu guía, seguimos en el juego.

—Ma qué juego. Ahora abro los ojos, hablo. Para no oír mi propio craqueo, si querés. Puta madre. ¿Dónde me trajiste? ¿Y por qué? De nuevo.

—No, de nuevo no. ¿No es otro el camino aunque sea el mismo? Abrí bien los ojos, mirá bien. Suena a metáfora barata pero es la pura realidad, mirá bien, te digo. ¿Acaso son éstos los barrios ominosos por los que una vez te internaste? ¿Para andar por acá necesitabas la reafirmación de un revólver? Come on! Cuanto posmo anda suelto pasea sus spiky crestas por esta zona, como en su casa.

—Parala, finíshela. Yo no tengo la culpa si me transformaron estos extramuros, si me cambiaron el libreto.

—Alegrate. Lo que te cambiaron es la escenografía. El lugar del encuentro aquél está ya tan distinto, tanto lo han lavado y regenerado y, que es como si el encuentro no hubiese tenido lugar. Porque el lugar ya no está, es otro, y como sabemos muy bien espacio y tiempo son la misma cosa y entonces el tiempo del encuentro, etc.

—Nada se borra

—Pero todo se transforma.

—Nosotros

—Y sí. Estamos tan cambiados. Sólo nos falta pintarnos el pelo de verde, no creas que no lo pensé. To blend into the picture. Mirá a tu alrededor. Lo que andaba aterrando por la calle ahora está metido dentro de las galerías de arte, mirá, todo es material de exposición, ahora. Es fantástico ¿qué habrá pasado? ¿Y cuánto tiempo habrá pasado? ¿Cuánto nos quedamos sin salir?

—¿Cuánto?

—No me sacudás, Gus. Qué sé yo. Un mes, dos meses, no sé, parecieron años.

—Arresto domiciliario

—Y sí, en una de esas. Considerá que ya lavaste tu culpa.

—Si sólo se tratara de lavar como quien va a la tintorería

—Si sólo se pudiera recuperar un poquitito no más de la alegría. Si pudiéramos volver al antes. Vamos a sentarnos de nuevo en el banco del parque.

—Como si no hubiera pasado el tiempo

—Que pasó más de la cuenta.

—Como si frente a nosotros estuviera todavía esa especie de escenario todo cubierto de grafitti, hecho un basural

—Como si ahora, pintado y remozado, no se hubiese convertido en eso que en nuestro paisito del sur llamaríamos una concha acústica. ¿Te das cuenta? Concha acústica. Vamos a casa, Agustín, a nuestra casa casa, a la patria que le dicen, a nuestro país, a la concha acústica.

—No harías mal en callarte la boca. Observá que a tu célebre concha acústica se están encaramando unos individuos con máscaras. Lo único que nos falta ahora

119

es una escena de teatro. Mirá, si son Pantaleón y Arlequín. Vámonos ya. Tengo frío.

Sólo a nosotros se nos ocurre barrer con la mano la nieve acumulada sobre un banco de plaza y sentarnos. Sólo a nosotros.
Después de tanto encierro.
No.
No sólo a nosotros. Está también aquél, y va descalzo.

Hermano deshollinador, equilibrista de la cuerda tensa. Muchas veces lo ha visto Roberta llegar pedaleando al otro parque, encaramado sobre su monociclo, todo de negro con la negra galera raída, lo ha visto llegar y tender su cuerda entre dos árboles a una altura cualquiera porque la altura no interesa, sólo interesa caminar en el aire sobre esa tensión que es como un suspiro.

Pero nunca antes lo había visto aventurarse tan al este del paraíso, tan al borde de lo siniestro. Desvalida mancha negra contra la indecente blancura de la nieve.

—Vayamos a buscar calor en la tienda de tu amigo el negro, a desaparecer entre los trapos.

—¿De qué tienda me estás hablando? Ya no debe existir más, este barrio es otro, nos metimos en el parque y ni siquiera nos ofrecieron fumo acá donde hasta hace poco reinaban los traficantes de la pesada. ¿De qué me estás hablando? Todo está como recién lavado acá, y la tienda de Bill estaba hecha para la otra cara. Ahora vamos allá y seguro nos encontramos con un límpido restaurante japonés, o una mini discotèque de moda. Cambiemos de barrio, de estrategia. Total, si a tu teatro no lo encontramos antes, menos lo vamos a encontrar ahora.

—Me pregunto.

—Preguntate solito. No me pidas más que abra la boca, se me hielan los fuelles.

¿Los viste? Se están comiendo el uno al otro, uno va desapareciendo en los brazos del otro, literalmente.

Se están abrazando.

No, se están devorando, te aseguro.

De todos modos es puro teatro, Roberta ¿no ves que hay gente mirándolos?

Se aman.

No digas pavadas, volvamos a tu casa.

No vuelvo, no vuelvo, no vuelvo, no vuelvo nunca más allá. Nunca. No quiero ver nunca más esas paredes.

Nos vamos a congelar, Roberta. Vamos. Me pregunto

Andando.

2.

—Quiero más sopa, que no será verdadera sopa pero está calentita. Sé bueno, pediles más.

—Basta. Ya llamamos demasiado la atención, acá.

Mirá no más dónde se te ocurre meterte. Este es un lugar para salir corriendo, no para entrar como entramos nosotros. Uno no se puede quedar acá. Uno ni siquiera puede pasar caminando tranquilo frente a la puerta de calle, hay que cruzar a la otra vereda cuando se pasa por acá, para evitar a todos estos perdidos, a todos los delincuentes y vagos y drogados.

—No hablés tan alto.

—Lugar de miseria, de mierda. Mirá cómo nos están mirando. Rajemos. Nos estamos delatando solitos, mirá no más cómo están vestidos. Volvamos a casa.

—No se puede volver, sólo se puede tomar sopa. Sopa. Nadie nos va a delatar ni nada. Este es el Ejército de Salvación y el ejército de salvación salva, no condena. Lo necesitamos.

—Un ejército u otro

Están agazapados en un rincón de la enorme sala casi pelada. Lejos hasta de los radiadores, lo más lejos posible de los andrajosos que sí se han dado cuenta de la presencia de estos dos intrusos tan distintos, que no llevan papel de diario en los zapatos y tienen puesto un abrigo cada uno y sólo uno, nada que ver con esos bultos de ropa que son ellos, tan conspicuos esos dos en un distante rincón de esa tierra de nadie donde nadie aparenta mirarlos. Como si carecieran de existencia ahí rígidos, aferrados a sus escudillas vacías mientras los bultos de ropa se estremecen y se rascan y ellos dos allí tan quietecitos.

Rascame la espalda, sé buena.

No puedo, tengo las manos ateridas, el corazón aterido, y para tocar al otro se necesita un poquitito, aunque sea una ínfima chispita de poquitito de calor humano. No me queda más.

Me pregunto qué hacemos en este rincón sobre este largo banco de madera contra esta larga mesa de madera toda escupida y volcada y vomitada, todo aquí tan hediondo y nosotros ya sin olfato alguno, impregnados del olor a la nada que nos rodea como un aura.

A pólvora.

Me pregunto.

No quiere estar abierta a preguntas, Roberta. Ya no quiere o quizá nunca lo quiso, en el fondo. Sólo permanecer allí envuelta en sí misma como envuelta estuvo en toda la ropa de su armario o mejor envuelta como los otros, cargando encima la montonera de trapos encontrados en tachos de basura, suéter sobre suéters sobre camisas inmundas sobre sacos y harapos, una capa protectora de ropa como en la tienda de Bill revolcándose con Bill pero eso fue en otra vida, otros tiempos y otros climas, otras latitudes del alma donde puede ser que nunca se retorne, nunca se vuelve, nunca, ni a las latitudes del alma ni a las otras, apenas un estarse aquí como quien ha llegado, ella que siempre se sintió como una dama de las bolsas de papel pero era papel de escribir, qué chiste, una mera grafía, una fantasía o sueño o pesadilla de ser en el fondo fondo una bag-lady cargando todas sus mundanas pertenencias en bolsas de papel, sentada en un banco de plaza a la espera de cualquier cosa menos de una pregunta.

Y Agustín se pregunta. Me pregunto, repite como un ritornello.

Roberta sabe muy bien que él es incapaz de darse una respuesta, que la respuesta que espera si la espera debe venir de ella, que la autopregunta de Agustín está dirigida a ella.

Y se está bien allí sin cuestionarse, bien al abrigo de

toda esa ropa ajena que rezuma humano calor acumulado por siglos, y ella allí ni siente sus propios pies y antes no sentía las manos y apenas la cabeza y era tan bueno.

Bien, dice en voz alta, y Agustín lo toma como una intención de irse. Sí, vámonos, le dice; esto es alucinante.

No, no, bien, se está bien aquí. No quiero irme.

Estás loca, le dice él bajito bajito para que los demás no se sientan aludidos.

Roberta sin mirarlo se desliza hasta el piso, contra la pared, y queda acurrucada a la espera de que sus pies vuelvan a pertenecerle. Mucho frío. Aunque vuelvan mis pies, se dice, yo no sigo caminando. Hasta aquí llegué.

Agustín se desliza a su lado, cuestión de mimetizarse, de destacarse lo menos posible bajo esa luz opaca y despiadada.

—Me pregunto qué te hace acompañarme, qué te lleva a ayudarme en mi busca.

—No sé, no me preguntes. O sí, sé. Debe tener algo que ver con mi infancia. Un cuento, ando buscando yo también el final de un cuento.

—Basta, por favor, ¿cuándo vamos a pisar tierra firme, esa llamada realidad?

—Ahora y aquí. En este preciso instante en este sitio por demás real.

—No me refiero

—No claro.

—Era un cuento, decías.

—Sí, me lo estaban leyendo para hacerme comer. A los cinco años imaginate, una historia de terror, así me enteré qué era eso de la masa encefálica. ¿La masa encefálica? pregunté. Sí, me contestaron, los sesos. Una noche de tormenta tremebunda y esos dos muchachos del cuento se refugian en la casa abandonada en medio del bosque. Manyá la escena. Rayos y centellas, esas cosas. Cuando pregunté qué eran las centellas me dieron tan terrorífica descripción de fuegos que se cuelan por debajo de las puertas y te persiguen que también lo pasé aterrada por las centellas pero eso fue más adelante, ese día era sobre todo la masa encefálica, es decir esos dos muchachos que se refugian en la planta baja de la casa abandonada y oyen ruidos y crujidos y sienten pánico pero tratan de calmarse mutuamente diciendo que es el viento. No. No es el viento. Es la mujer asesinada que camina por el piso de arriba con un hacha en la mano. Tiene la masa encefálica al aire, alguien la mató de un hachazo en la cabeza y ella está buscando venganza. Disculpame. No debí contarte esto. De todos modos ni sé cómo termina la historia, mi madre entró en ese momento y dijo Te parece que eso es como para la nena, y bueno, no me leyeron más pero esa misma noche la pasé a los alaridos, alucinando, viendo puertas y ventanas que se abrían y a la mujer, en fin. Nunca supe cómo terminaba la historia y ahora vaya una a saber cómo terminan todas.

—Siempre me estás disminuyendo al rango de la ficción.

—Callate y dormí, acá estamos seguros. Yo a casa de noche no vuelvo y no sé si vuelvo.

3.

Horas después la despertaron los alaridos de una
mujer y notó que Agustín ya no estaba a su lado. Sintió
una forma de alivio. Estaba sola en ese mundo tan
ajeno, tan de brumosa irrealidad, de pintura flamenca,
una corte de los milagros donde podía sumergirse a
gusto en otros mundos ajenos y esfumados, desconcer-
tantes. Podía volver con la memoria allí donde nunca
había logrado meterse con la pluma, al viaje por la
costa yugoeslava, por ejemplo, y a la historia vivida del
niño viejo.

No escribirla pero recordarla una vez más como
quien se la cuenta a Agustín y Agustín ¿dónde se habrá metido? Estaba por asustarse cuando una vieja le
informó A los hombres se los llevan a dormir a otro
salón. Y sí, algo de decencia queda, le informó la vieja,
mientras la otra mujer seguía chillando.

Era lindo el niñito del viaje en barco. Iban de Rieka
a Split, toda una lenta noche de navegación y en cubierta se cantaba. El niñito tan rubio de los zuecos de
madera clara andaba correteando libremente por cubierta, feliz. A Roberta quizá le habría gustado tener
un hijo así, con esos mismos zuecos y la destreza para
andar con esos zuecos, para ir de acá para allá, trepar las
escalerillas del barco, pertenecer a la cubierta y a las
risas. La joven madre del niñito parecía prestarle poca
atención. Estaba con un muchacho oscuro y era como
un amor recién inaugurado. Cayó la noche, el canto se
fue atenuando, haciéndose más íntimo, el niñito se
echó a dormir sobre las piernas de la madre y la madre
lo tapó amorosamente con su saco y cuidó de que
nadie le pisara los pies metidos en sus diminutos zue-

cos, mientras con la mano libre acariciaba al joven a su lado, y el amor iba creciendo con la noche. Roberta sintió frío en cubierta. Decidió ir a dormir al comedor del barco donde ya muchos ocupaban las largas banquetas al costado de las mesas. Al alba la despertaron los ruidos de la llegada. Medio dormida, entumecida, se irguió en su asiento, y al fondo del salón, de espaldas, vio sentados a una mesa a la joven madre y su enamorado de la noche anterior. Ya se estaban peleando. La discusión se notaba en el movimiento de cabezas, de hombros tiesos que se iban apartando. Por suerte, se dijo Roberta, el niñito tan dulce duerme, al margen de la pelea. Sus pequeños zuecos de madera clara asomaban al borde de la otra banqueta, del otro lado de la mesa. De golpe el enamorado de la madre se levantó y se alejó. Ya estaban por llegar. Entonces los zuecos dejaron la horizontal, quizá trataron de llegar al piso pero quedaron colgando en el aire, y la cabeza que asomó no fue la del niñito dulce sino la de un hombre también rubio, quizá con rizos, indefinidamente viejo, encogido, y Roberta en la somnolencia del alba de la llegada a una ciudad desconocida, con tanto extraño incomprensible idioma retumbándole, creyó entender la magia del amor que en su tiempo aunque ínfimo abarca toda una vida. Una noche de barco también puede abarcarla y el niñito de la noche anterior se había hecho viejo porque a su lado el amor había nacido y crecido y había llegado a consumirse.

Y ahora, reclamó una vez más Roberta, dónde está el amor en este extraño territorio del desamparo humano, como un barco, dónde en este mi navegar a ciegas en la nave de los locos, sin rumbo.

La vieja desdentada se arrastró hasta Roberta para consolarla

Ya te lo van a devolver a tu hombre, vas a ver, siempre te devuelven todo, eso es lo peor, lo peor es no poder desprenderse de nada. ¿Ves? yo tengo tres sombreros cuando puedo arreglármelas con dos, uno para cada oreja pero no, quise dejar uno abandonado sobre un cerco y alguien me corrió detrás y me dijo señora, señora, imagínate, señora a mí, se olvida la capelina. Un chistoso. Yo sé que esto no es capelina sino un viejo gorro apolillado como yo, que llevaba encima de los otros pero hacía calor y quise abandonarlo pero me lo devolvieron porque era mío de verdad. Lo que es tuyo de verdad siempre te lo van a devolver. Ahora el gorro me ayuda a retener los sueños y hasta las pesadillas, y me gusta cuando se los llevan a los hombres y nos dejan solas para soñar y pesadillar sin que ellos nos vean, pero vas a ver que a tu hombre te lo devuelven, no tengas miedo.

Ni tiempo tuvo Roberta de pensar que en eso precisamente residía su miedo, precisamente en que se lo devolvieran, y no lo pudo pensar porque otra vieja menos vieja y más puesta en razón le dijo

Aprovechá para seguir durmiendo que poco tiempo nos queda y ya van a volver los hombres del galpón y hay baños si querés ir aunque mucho no te los recomiendo y lo peor es que entrás para cagar y si te agarran ya te quieren bañar, para qué, y por suerte no hace calor, si no entran acá a manguerazos, son la peste, mejor la calle, mil veces mejor la calle pero el otro día Stephanie murió congelada y nosotras no queremos ser como la vieja Stephanie aunque ella sí sabía abrigarse y defenderse y siempre encontraba una botella con un resto de cerveza en los canastos de papeles del parque, olía cerveza de lejos cosa que no le impidió morirse congelada la otra noche y ellos nos lo contaron para que no saliéramos pero si de verdad lo necesitás podés ir al baño, y si esperás ya vienen con un líquido caliente que llaman té y algo de pan y bueno después de todo hay que salir no te dejan quedarte aquí así que aprovechá para dormir todo lo que puedas ahora que afuera hace frío y los zaguanes están helados aunque son muchísimo más interesantes.

Dormí, dormí, siguió insistiendo la vieja como si fuera simple cuestión de acatar, mientras la chillona se ponía a chillar de nuevo, en un tono más agudo porque empezaba el día.

Roberta cerró los ojos para contentar a esas madres que parecían haberle salido de debajo de la tierra, de las cloacas más profundas donde moran los cocodrilos ciegos. Sabía de esas cloacas, de esos túneles secretos donde muchos se cobijan para pasar el invierno. Sabía también de los cocodrilos ciegos, moradores de la oscuridad y la miasma. También lo otro. Había asistido por casualidad a una representación teatral en el callejón más lúgubre de la ciudad, se había manchado los zapatos con caca de perro o quizá de persona para verlos actuar en sus trajes de arpillera entre los tules de la noche desflecada. Eso había ocurrido a fines del verano, como quien dice en otro siglo. Roberta se había sentado entonces en los bancos improvisados con tablas apoyadas sobre cajones, al lado de las borrachas y drogados asiduos del pasaje, y había visto la obra de ratas y de cloacas y de cloacas y de muertos que hablaba del terror y de los cocodrilos ciegos.

Premoniciones de callejón sin salida, no más, porque quién le manda después de una fiesta luminosa a encaminarse contra la corriente para dar de narices con una escena del todo estrafalaria pero no tanto en esa ciudad que sobrenada en aguas de asombro (y eso es lo que siempre amó de la ciudad, la posibilidad de dar vuelta a la esquina y encontrar otro mundo imposible de prever, de imaginar siquiera. En el mundo del mañana todos los ayeres se conjugan y lamentan; en el ombligo del mundo, maravilla, puede acumularse toda la pelusa). Aquella primera escena ahora la ve como si se estuviera repitiendo, cíclica: una mujer vestida de largo, envuelta en tules negros, avanza por el callejón hacia una luz extraña. Al principio le parece una caminante más, la contracara de la riente fiesta decorada con flores y con globos a la que acaba de asistir, pero la mujer no anda al azar, cumple una misión, se dirige hacia unas voces. Y al fondo, trepada a una ventana, colgada de las rejas, otra mujer aúlla y la iluminan poderosas linternas de mano. Es el teatro, de nuevo o quizá por primera vez el teatro levantando un telón inexistente. La mujer de tules negros puede ser la muerte que avanza hacia las luces mortecinas. Una fisura para que Roberta empiece a ver del otro lado.

Y Gus por qué me habrá mentido, se pregunta por centésima vez, por qué ese travestismo de la muerte. Era mujer, mató a una mujer no a un hombre y ahora su historia me suena más plausible y más aterradora. ¿A quién habrá matado en esa mujer? Agustín ¿quién te creés que soy que necesito engaños? ¿A quién habrás querido matar en todo esto?

Las dos viejas le siguen diciendo Dormí, dormí, sos tan joven y linda —y Roberta no se siente ni lo uno ni lo otro ni puede dormir con todas esas voces—, ya van a traer el té que es bueno para el estómago, le dicen, y van a volver los muchachos que no son buenos para gran cosa pero ayudan a pasarla. Roberta no les dice tengo mi casa a cuatro o cinco cuadras de acá, y té de varias clases distintas si es que queda, y comida griega y turca y china y japonesa en la heladera, toda mezclada porque estuvimos encargando por teléfono durante días y días y días y las fuimos misturando hasta dejar sólo una masa glutinosa, un gumbo irreconocible al paladar como nosotros mismos.

Así somos, se dijo, y además se dijo: Ya estoy ligada a Agustín para siempre

porque

él no apuntó al corazón sino al cerebro y yo le conté la historia de la masa encefálica porque sí, de pura crueldad indefinida no más, y él me había mentido al decirme que su víctima era un hombre y en alguna zona de nosotros dos está agazapada la oscura venganza, pero ya no sabremos dónde, ni por qué o contra quién.

Momento de abrir los ojos y encontrarlo a Agustín observándola desde toda su altura, un poco majestuoso si se desatienden los detalles y se perdonan las arrugas en rostro y ropa y la falta de corbata que en él es imperdonable, y si se lo vuelve a reconocer como era antes.

—Te está creciendo la barba.

—Sí. Vámonos.

—Esperate, nos traen té. Me despido, no puedo irme así.

—¿Dónde te creés que estás? Ahora me toca a mí, y te insisto. Vamos a lavarnos los dientes, a darnos una ducha, a empezar a ser de nuevo.

—Te doy las llaves, andá vos. Yo no vuelvo. Hay comida toda mezclada en la heladera. No vuelvo.

—No vamos a tu casa, vamos a la mía. Busco mi ropa, mis cosas, mi correspondencia. Le tocamos el

timbre a la subinquilina y le decimos que acabo de llegar de viaje, que nos deje pasar. Después veremos.
Pero vos acá no te quedás.

—Voy al baño.

—Es un sitio asqueroso. Si querés vamos rápido a tu
casa, hacés lo que tenés que hacer y después salimos y
no volvemos por un tiempo, si querés. Pero vámonos
porque

- ya no me cabe tanto desamparo en el cuerpo y vos me
  traés a este refugio de perdidos, de desnudos, de locos,
  de muertos en vida
- ya no me cabe tanto desamparo en el cuerpo y vos me
  decís que estás conmigo sólo para buscar el final de
  una historia macabra que ni es la mía
- ya no me cabe tanto desamparo en el cuerpo y vos no
  querés volver, recuperarte
- ya no me cabe tanto desamparo en el cuerpo y vos me
  hablás de los sesos al aire como si yo pudiera tolerar
  tanta impudicia. Tanto develamiento.

—Yo, volver a casa no puedo.

- Te diré, ya no me cabe tanto desamparo en el cuerpo
  y por lo tanto el desamparo se me ha ido. Te diré, nunca se conoce el final de la historia, no hay más final
  que la muerte.
- Te diré, esa pesadilla tuya la tuve toda la noche sin
  siquiera dormir y basta de contagiarnos pesadillas. Te
  diré, eso de la masa encefálica.

—Tenés razón. Basta.

4.

Agustín la arrancó como pudo a Roberta de esa isla del delirio y la arrastró lo más lejos posible de allí hasta una cafetería. A dos cuadras, apenas. Acá te quedás, la conminó; pedís algo sin miedo, sin problemas, me das la llave de tu casa y yo voy y busco. Después vengo para acá y terminamos de comer algo y pago y decidimos qué hacer pero vos antes habrás ido al baño y tomado un capuccino bien caliente y comido algo, para volver a la vida. Aunque más no sea la vida de ayer ¿te acordás? cuando al menos hablábamos como seres más o menos racionales, más o menos normales y humanos. Ayer, no más.

Parece que Roberta le dijo o musitó Toda una vida, como si toda una vida hubiera transcurrido desde el día anterior, y Agustín a su vez se dio cuenta de que no había especificado qué es lo que iba a buscar pero supuso que ella habría supuesto —y supuso mal— que iba a buscar plata o la tarjeta de crédito o al menos la tarjeta para sacar plata del banco o cualquier otra cosa con qué pagar, un cheque en última instancia.

Al menos esa era su intención al entrar al departamento de Roberta. Le bastaba con buscar en el cajón superior de la cómoda, algo de todo eso encontraría, seguramente. Pero no se dirigió al cajón de la cómoda, no. Sintió la necesidad de buscar por otros recovecos, y revisó la cama, debajo de la cama, debajo del colchón, en el espacio entre la pared y la cama, entre el colchón y la funda del colchón. Como si estuviera buscando algún rastro del amor que una vez hicieron juntos y que podría haberse agazapado en un repliegue de las mantas. O como si estuviera buscando alguna otra cosa inconfesable. Después se dirigió a la mesa de trabajo de Roberta donde los papeles ya habían acumulado polvo. Revolvió. Quiso leer los manuscritos, enterarse de qué había estado pergeniando ella justo antes y quizá durante la irrupción de él en su vida. Pero qué iba a poder leer ¿no? si lo que buscaba nunca había sido escrito: el final de una historia macabra. O más bien su esclarecimiento.

La confusión de este escritorio, pensó. Como el cerebro de Roberta. Después se arrepintió de semejante analogía. También se arrepintió de pensar y hasta de haberse arrepentido, y sobre todo de pensar en el cerebro. Ese coto vedado. Los sesos ahora salpicándolo todo. La mujer del hacha busca vengarse y él sabe que la mujer del hacha no podrá alcanzarlo porque él

Por qué me mentiste, por qué no me dijiste que había sido una mujer

Por qué apuntaste a la cabeza y no al corazón,

pregunta Roberta desde todos los huecos de su ausencia en este territorio de ella del que ella se ha autoexiliado.

Una mujer anda por el piso de arriba con un hacha en la mano y el cráneo partido en dos por un tiro, no, por un golpe de hacha y busca devolver golpe por golpe.

Ojo por ojo.

Busca retaliar.

Roberta le contó la historia sin final, la pesadilla perpetua.

Retaliación de Roberta

una mujer anda a ciegas tras todos nosotros con un hacha en la mano.

El hacha del verdugo, la dispersión de los sesos.

Agustín se mete en el closet del cual Roberta había

emergido la mañana anterior, quizá para hacerse un nido. Al encontrarlo ya hecho vuelve a salir disparando, vuelve a huir de sí mismo
y se acuerda de lo otro
Si lo que quería era hacer pis.
Si lo que quería era lavarme los dientes, quizá afeitarme.
Entra al baño, no cumple con ninguno de estos imperiosos cometidos, cumple
o no cumple, vuelve a responder a la orden interior que lo impulsa a buscar. Hurga en el botiquín, tira frascos al suelo, rompe alguno, aromas medicinales invaden el recinto, se corta, no le presta atención, busca, hurga, escarba, araña, revuelve y revisa, se trepa al borde de la bañera y está a punto de resbalar, de partirse el cráneo contra el filo, como si fuera un hacha, recupera el equilibrio, no puede dejar de escarbar con desesperación, como perro tras un hueso, como perro adiestrado tras la droga, con hambre de otra cosa.

Topa por fin con algo duro. Se detiene. Todo su ser se detiene, todo lo que le iba galopando por dentro se detiene, hasta su sangre parece detenerse, y en un relámpago ve sus propias manos en el espejo. Las ve del todo blancas, espectrales, y en una de las manos esa mancha negra: el revólver.

Así que nos volvemos a encontrar, viejo.

Con esta frase casi ni formulada, vaciado de emociones, va al cuarto y se tira sobre la cama. Después empieza a pasarse el revólver por la cara, despacio, con los ojos cerrados. No es un hacha. Es algo redondeado y suave y frío y sin filo, que imperceptiblemente se va entibiando. El no sabe ni tiene por qué saber que el revólver ha sido descargado. Por eso el apoyárselo contra la sien es un gesto sincero. Pero el gatillo no lo aprieta.

Roberta se supone que lo está esperando.

Roberta no espera donde se supone. Roberta no ha pedido ni un vaso de agua en la cafetería y en cambio ha desandado camino para volver al refugio. Ya están todos fuera, a pesar del frío y de la nieve; adentro están limpiando a manguerazos.

—Es como si nos estuvieran lavando a nosotras, es insultante, le dice la de los tres sombreros.

Roberta abre la boca para tratar de emitir alguna frase sensata sobre la necesidad de limpieza, pero se da cuenta de que ese tipo de reflexiones pertenecen a la otra Roberta, la que se fue a dormir sobre un banco la noche anterior y no ha despertado ni vieja ni joven, simplemente ha partido en busca del final de una pesadilla o quizá de una venganza, depende cómo se lo mire, y la ha dejado a ella ahí tirada porque a ella esas cosas no le importan y el frío no le hace mella.

Vayamos a la placita de los bancos, le dice la vieja de los tres sombreros, hay un poquitito de sol. Roberta la sigue y después se sienta a su lado. Es bonito, dice la vieja mirando la antigua iglesia de aguda aguja. Cuando haga más calor van a empezar a salir las ardillas, le dice la vieja, ya vas a ver. Después le tiende el tercer sombrero a Roberta, y Roberta lo acepta, como acepta también la idea de ver, dentro de un montón de tiempo, cuando vuelva el calor —que anda allá por el sur, vaya una a saber dónde—, la aparición de las ardillas en este mínimo parquecito triangular, junto a esta misma vieja.

Habiendo encontrado en el cajón superior de la cómoda lo que había ido a buscar —o habiéndolo encontrado antes, en el baño—, Agustín ya está en el ascensor descendiendo camino a Roberta. Se pasa la
mano por la cara, siente la barba bastante crecida,
piensa que dentro de pocos días ya no será hirsuta,
empezará a ser una barba como la de antes y todo volverá a su cauce. El revólver en el bolsillo no le da tran-
quilidad; tampoco lo espanta.

Camina hacia la cafetería donde la había dejado a
Roberta. Piensa que va a ordenar un buen desayuno
para los dos, con huevos y tocino, algo bien del lugar a
lo que no están demasiado acostumbrados pero esta
vez será como reintegrarse a la ciudad, aceptar su lado
más sonriente y no seguir revolviendo en el oscuro.
Sunny side up, los huevos.

Después verá.

En el camino va componiendo bromas que le dirá a
Roberta, en la cafetería, sobre los huevos y el sol, huevos falangistas cara al sol, otras connotaciones más
obvias, no le hablará del revólver, riente la sacará a ella
del pozo y después solito se ocupará de sus fantasmas
privados.

En la cafetería no la encuentra a Roberta y las buenas intenciones se le vienen encima. Se asusta. Quizá el
pozo ya se la ha tragado a Roberta. Corre. Hacia el refugio, claro, hacia aquello que él no puede brindarle.

Y la encuentra más allá, en el triángulo como proa
de barco con piedras disparejas y árboles pelados,
bajo la luz de invierno. El sol ya se ha borrado, brilla
apenas, casi sobre el horizonte, con una luz para nada
color yema de huevo, un resplandor de hielo.

A primera vista no la reconoce a Roberta que lleva
puesto el gorro de la vieja y está acurrucada contra la
vieja.

Se portó muy bien, le dice la vieja a Agustín cuando él por fin le tiende la mano a Roberta. Se portó muy bien. Como si se tratara de una criatura o un perro dejado a su cuidado.

Roberta se pone de pie, se saca el gorro y se lo tiende a la vieja que se niega a recibirlo. A punto de volver a encasquetárselo y de sentarse de nuevo en el banco, Roberta hace un esfuerzo enorme, deja el gorro en el lugar que ella antes había ocupado, le hace un gesto de adiós a la vieja con la mano y al salir caminando al lado de Agustín le dice.

—¿Sabés? En esa iglesia desafectada se organizan lecturas y conferencias. Una vez me invitaron, leí tres cuentos.

Y se queda mirándolo con sorpresa. Con miedo. Como si acabara de aludir a algo muy pero muy inconfesable.

5.

Agustín la hizo subir a un taxi y en el taxi la abrazó, la recostó contra sí, le besó el pelo, reiteradamente, después de tantos siglos sintió Roberta, después de tanta vida no vivida.

Lo encontré, le dijo por fin él, bajito, en francés quizá para volverse del todo extranjero o para que el chofer no entienda, en caso de que el chofer no sea haitiano, claro. Je l'ai trouvé. Qué encontraste, pregunta Roberta en español. Eso que tenías escondido en el baño, lo encontré, ahora nos vamos a deshacer de él, los dos juntos, para que no se interponga más.

El taxi los dejó frente al muelle de Christopher Street. Ya estaba casi oscuro y era pésima idea caminar por esas desolaciones a esas horas, pero no les quedaba otra salida. Mientras avanzaban hacia la punta del muelle para enfrentarse con el río, el recuerdo de similares ceremonias pasadas que habían tenido lugar en su país del sur, quizá más cargadas de amenazas reales, le ahorró a Roberta el miedo a las amenazas del presente, hechas de otra sustancia.

Los dos lo sabían. En los tirantes de madera de ese mismo muelle hay hombres que suelen hacerse amarrar con cadenas, de frente o de espaldas, y allí quedan toda la noche a la merced o delicia de quienes atinen a pasar por allí. Cualquiera puede hacer con ellos lo que quiera. Algunos amanecen flotando en el río, indefectiblemente de espaldas para siempre.

Agustín sabía de estos cuerpos flotando en el río y también había sabido de los otros, arrojados de helicópteros a medio morir, con la panza abierta para que no flotaran. Los del norte y los del sur. Se la buscaron, se solía decir allá. Los que en verdad se lo buscan son estos y sin embargo. Tendría que pensar más en esas simetrías, pero no, sí, cualquier cosa con tal de no pensar en el revólver que llevaba una vez más en el bolsillo, envuelto ahora en un pañuelo. Lo sacó del bolsillo sin tomar precaución alguna y lo tiró a las aguas opacas. Con ese frío no había allí ni hombres atados ni de los otros.

> Sólo trozos
>> de hielo
>>> que pasaban
>>>> flotando.

Recién entonces Roberta aceptó volver a su departamento. Agustín limpió el baño, se bañaron juntos y bastante después se durmieron abrazados, todavía un poco húmedos.

A la mañana siguiente Agustín reía mientras preparaba el café. Por fin me despertaste, le decía a Roberta, por fin me. Yo no te desperté nada, te despertaste solito. Otro tipo de despertar, trató de aclarar él sin aclarar nada, más bien dejando que funcione la incongruencia.

Después salió y ella creyó que iba a traer pan o medialunas pero volvió con flores. Empezamos de nuevo, le dijo. Me saturé de tragedia. Basta de melodrama.

Fácil decretarlo, estuvo a punto de decir Roberta y no lo dijo, de puras ganas que tenía de que algo terminara, de detener ese lento deslizarse hacia el vacío.

—¿Ves, Gus, lo ridículo de todo esto, lo patético? ¿Si todo el mundo se muere de a poquito o de golpe ¿qué importa un empujón más? Sin contar con que nunca nos fijamos bien en tu célebre arma, quizá era de mentirijillas para decirlo en castizo, quizá era un simple prop de teatro, un revólver para balas de fogueo y el que te lo vendió te curró de lo lindo y nosotros ahora lo tiramos al río y nunca sabremos, descontando que la armería donde lo compraste ya debe de estar transformada en un porno-bar o algo por el estilo, Cabaret The Weapon donde todas apuntan a todos y nadie da en el blanco.

—Tenés razón. Caemos como pins de bowling, caemos como moscas y acá estamos, haciendo desesperados esfuerzos por revolotear un poquitito más. Qué tara mental, qué papelón, qué risa, qué buena broma, todo un gran acto de teatro que la gente del teatro aquél me hizo protagonizar con gran derroche de salsa de tomate porque creo que sangre hubo, sí, sangre hubo y no quiero acordarme más, todo esto acá en el país del Ketchup, del ersatz. Y tu muerta con los sesos al aire sigue caminando por el piso alto en busca de venganza, pero venganza no por el hachazo sino por la torpeza del argumento en el que la metieron, pobre, imagínatela, para siempre embadurnada con sus propios sesos, qué incomodidad, qué mal gusto. Qué ganas de llorar.

Lloraron juntos, y una vez más se durmieron, siempre durmiendo parece, y a Roberta la despertó su propia voz contestando el teléfono porque a alguno de los dos se le había ocurrido levantar el volumen del respondedor automático. Hola —como si nada hubiera pasado en todo ese tiempo— estamos viajando, por favor deje su mensaje.

Vení, vení, vení, reclamó una voz aguda desde la otra punta de la línea. Soy Lara, es *absolutamente* imprescindible que vengan a casa el sábado a la noche, vos y tu latin lover. Si están escribiendo una obra de teatro no pueden dejar de conocer al grupo. Los espero, *tienen* que estar de regreso.

Forget it, le constestó Roberta al aire. Ya no estamos escribiendo nada.

—Al contrario, masculló Agustín muy a su pesar. Al contrario, recién ahora empezamos.

6.

No puedo más con los simulacros y los miedos, dijo
Agustín más tarde. Estoy totalmente perdido de mí
mismo. Me llegó el turno de no saber dónde empieza la
vida y termina el teatro, o peor aún dónde empieza el
teatro y termina la vida, dónde empieza a terminar la
vida con todo este teatro. Ahora sólo me queda retomar la escritura, la única realidad que me pertenece en
serio.

Tendría que ir a su departamento y enfrentar la situación, recuperar su ropa, sus documentos, y sobre
todo sus manuscritos. Recuperar más que nada ese
intento de novela con el que había estado debatiéndose
en tiempos tan remotos.

Tiempos anteriores a la escena del tiro, en la que ya
no quería detenerse más. Olvidarla, clausurarla. No
darle más cabida en su memoria. Desaparecerla. Aquí
no ha pasado nada. Yo, argentino. Poniendo en práctica las frases de rigor, las muy cancelantes y habituales. Bien que las conocía. En eso tampoco quería pensar más, en eso había pensado tan poco. Basta. Yo,
argentino. No revolver más, no acordarse ni indagar.
Borrón y cuenta nueva. Como si el tiro lo hubiese disparado otro y quizá sí, alguien que muy borgeanamen-
te lo había estado escribiendo.

—Quiero retomar la pluma, le dijo a Roberta como
quien dice agarrar de nuevo la manija de mi vida, en lo
humanamente posible.

—Bueno, le contestó Roberta. Pero te diré que todo
está en tu casa, guardado, menos tus manuscritos. Pensé ¿no? que podría haber allí algún material compro-
metedor. Así que los puse a buen recaudo.

—Los necesito ya. Decime dónde están y los busco.

—Y bué. Están donde pertenecen. En la frontera. Entre la cotidianeidad y lo otro.

Y sin más explicación le dio las coordenadas para encaminarlo a Donde Ya Sabés. Después salió en busca de Bill.

Parecés otra persona, le dijo Bill al verla llegar, y para colmo casi empezó a tratarla como si fuera otra persona. Alguien menos cercano, en qué puedo servirla, esas cosas del vendedor que no quiere comprometerse. Dejate de embromar, se quejó Roberta al rato, no cambié más que tu tienda, mirá que hiciste orden, me pregunto dónde están las pilas de ropa para revolcarse, dónde metiste los maniquíes disfrazados de damas antiguas de lejanas galaxias; además, ya me habías visto con el pelo corto y colorado, sos parte de ese corte si no me equivoco. Sí, pero ahora te creció, está a mitad de camino, de dos colores, qué sé yo, no me hagás eso, ponete esta peluca, volvé. ¿Dónde? A alguna parte, a este lugar a mi lado. Vos sabés que nunca se vuelve, nunca se vuelve a, en todo caso se vuelve de, estoy volviendo de. Yo no cambié nada en la tienda, sólo liquidé lo que ya no servía, las pilas de ropa, vos no venías, no las necesitaba más, prosperamos, cada vez hay más clientela, todo avanza, ya estoy harto, todos se visten acá, ahora, y vos ahora volviendo de para por so sobre tras; harto. No me querés ver, pero sabé que no vuelvo para y menos tras, nunca nunca tras, me voy. No me provoqués, y fijate que pocas cosas hay más tras que el irse, es lo más tras de todo, irse, te das vuelta y zas me das el culo y yo sin ganas siquiera de tomártelo, de estirar la mano y tocártelo, no gracias, no te vayas, quedate y decime por qué viniste si es que viniste por algo. Ojalá supiera. Te fuiste demasiado. Tenés razón, estoy horrible con el pelo así, prestame la peluca, se parece a mi pelo de antes, sí, prestame ese buzo, se parece a uno que tenía antes. No se parece, es. ¿Qué, el pelo? Claro, ya estás mejor así. Quien dice mejor no dice bien. No. No me ataqués, vine a jugar. ¿Ves, ves? no se viene a jugar, se juega, cosa muy distinta. Estuve muy mal. Yo pensé que algo iba a crecer entre nosotros, no sé por qué nunca te lo dije. Porque sabías que era imposible. ¿Por eso no te lo dije? No, por eso lo pensaste, Bill.

Mientras Roberta se enreda con Bill en un laborioso diálogo en busca de vaya a saber qué, Agustín se encamina lentamente al lugar de trabajo de Ava Taurel en pos de sus manuscritos. Una novela que teme no poder retomar, las señas de otros tiempos casi ya borrados por un disparo que él no quiere reconocer más. O no, borrados por el desesperado borramiento de la impotencia, literaria por cierto. Una vez más está emprendiendo la busca de un final que no aparece, que se transforma. Si es como circular dentro de una de Calvino y el único final, la muerte. Basta. Seguir. Tocar el timbre, hablar con la gorda gordísima con cara de bebé bien entalcado que sentada tras su escritorio de secretaria modelo —y gorda— no quiere dejarlo pasar sin pago previo. Si no soy un cliente, sólo vine a buscar algo que me pertenece. No los llamamos clientes, y todos vienen acá a buscar algo que les pertenece, algo que han perdido, el color de sus fantasmas, vienen a buscar lo que les falta, lo que sueñan y lloran.

La gorda no dice nada de eso, la gorda sólo le sonríe beatífica, una sonrisa en medio de esa piel tan estirada, tan dulce y un poquitito transparente. La gorda sabe que al final todos se animan y se entregan a pesar de que al principio vengan con remilgos. Nadie aprieta ese timbre si no. Agustín insiste. Llámela a Ava Taurel, dice. Ava está con un esclavo, le está dando su merecido, le contesta la gorda con la más dulce de las voces. Pero Ava guardó mis manuscritos, ella sabe, me dijeron que podía venir a buscarlos. ¿El señor es escritor? qué bien, acá se le van a ocurrir muchas ideas, las ideas a veces necesitan de una buena tunda, a veces las ideas sólo afloran con el látigo o mejor con la vara de mimbre, Ava le aflojará las ideas con gusto, y con sangre también, si quiere, machaca la gorda sin perder su aura. Es cantante de blues, dirá después Ava, parece un ángel. Efectivamente, un ángel que sigue alabando los beneficios del tratamiento.

Déjese llevar por sus fantasías, hombre, actúelas, después las fantasías se lo agradecen y vienen a visitarlo cuando usted las necesita. No más páginas en blanco, salpíquelas con su propia sangre. ¿O quizá prefiere una enema? Ava es una excelente enfermera. Se pondrá el delantal, le revisará los oídos, la boca, los ojos, todos los orificios, le pondrá la enema con toda imaginación y con esmero. No quiero una lavativa quiero mis manuscritos, usted puede pensar que son una y la misma cosa pero. Yo no pienso nada, el que tiene que pensar acá es usted: ¿le gusta la ropa interior de mujer? o quizá prefiera que lo encierren en la jaula para bestias salvajes y lo dejen allí, suspendido en el aire, balanceándose solo hasta que no pueda más y las domadoras vayan a quebrarlo.

Con la palabra jaula Agustín se estremeció. La gorda, notando el erizamiento que le fue creciendo a él de los pies al cuero cabelludo, asomó la puntita de la lengua muy rosada y se la pasó por los labios. Después le mostró los dientes perfectos, chiquititos, filosos, con puntita de lengua. Vení, le dijo por fin, te voy a hacer la visita guiada del local, en una de esas encontrás algo que te guste. En una de esas hasta encontrás tus papeles, pero tenés que buscarlos vos mismo. Te voy a mostrar el cepo donde los colgamos, la rueda de torturas, el cubículo de Ava, todo.

Y lo llevó por un largo corredor al que daban cantidad de puertas cerradas.

—Estate atento, podemos encontrar a alguna de las dominadoras en pleno ejercicio de su profesión, algo aleccionador de ver.

Agustín se sintió arrastrado. La gorda abrió la primera puerta mientras le decía como quien no quiera la cosa Me llamo Janet pero me dicen Baby Jane. Y le cedió el paso. En realidad lo empujó dentro de lo que parecía un simple saloncito de tocador, algo finisecular y nostalgioso.

—Este es el boudoir (evidently, se dijo Agustín), los cajones están llenos de ropa interior femenina, corpiños, visos, portaligas, corsés, corsés con ballenitas como los de antes, ves, a muchos les gusta usarlos, a veces tengo que venir a ajustárselos muy pero muy ajustados. Piden más fuerte hasta que ya no les queda soplo ni para pedir más.

Agustín se dio cuenta de que no podía seguir adelante. Apartó de un manotón las pieles de zorro, se desmoronó sobre el diván y le dijo a la gorda, ahora Baby Jane

—No puedo más.

—Cómo que no, querido, si apenas empezamos. Habrás visto cosas mucho peores.

—Precisamente.

—Bueno, podemos quedarnos acá mientras no suene el timbre. Nadie cae de sorpresa en esta casa.

—¿Ni siquiera la policía?

146

—La policía menos que nadie, nos respeta. (Son colegas, pensó Agustín). Fijate que una vez hubo una denuncia, decían que acá se estrangulaba a los hombres. Pero vení acercate un poquito. Así. Se dijo que estrangulábamos a los hombres y entonces cayó la policía y tuvimos que darle permiso para registrar los cubículos. Abrían cada puerta y les preguntaban a los hombres que se estaban haciendo atender ¿Está usted OK? Sí, decían los hombres como podían, entonces ellos pedían disculpas y volvían a cerrar la puerta. Este es un país libre, sólo atendemos adultos que consienten, nadie puede objetar nada, acá no obligamos a nadie a hacer lo que no quiera. Entonces la policía tuvo que callarse la boca y retirarse.

—¿No pedían documentos?

—No, qué te creés. Somos ciudadanos libres, conocemos nuestros derechos. No se nos puede atropellar así nomás. Eso sí, molestaban mucho, vinieron varios días seguidos, las chicas perdían concentración y no se puede trabajar de esa manera. Este es un oficio que requiere toda nuestra atención. Después la poli se convenció: nadie se iba a morir acá, y los ahorcaditos, felices.

—Entonces era cierta, la denuncia.

—Qué querés que te diga. A muchos les gusta y las dominadoras saben hasta dónde apretar.

—Como los otros.

—¿Qué otros, tesoro?

—No importa.

—Te noto muy tenso. Ponete este corsé, ponete estas bombachitas.

—Estás loca, Baby Jane.

—Te vas a relajar, vas a ver. Sometete, aflojate, entregate, así se te van las preocupaciones. Muchos ejecutivos vienen acá, hombres de negocios, dicen que están hartos de las responsabilidades, de tener que dar órdenes todo el tiempo. Acá los aliviamos, acá les damos la oportunidad de bajar la guardia. Se vuelven niños, enfermos, mujeres, perros, lo que quieran. Las chicas los castigan porque se portan mal, los premian cuando obedecen. Ponete una de estas monaditas, Ava está ocupada pero te la llamo a la portorriqueña que es una muchacha con imaginación y con los pezones más largos que habrás visto en tu vida.

—¿Y vos?

—Yo sólo soy la recepcionista. A veces doy consejos. A veces tengo que consolarlos a la salida. A ellos les gusta, el consuelo. A mí también, por eso canto blues, canciones que duelen y acarician a un tiempo. No duelen de dolor, duelen de tristeza. Los tristes como vos me gustan mucho. Si querés me pongo yo un corsé, como pueda, si querés podés pegarme aunque preferiría que no. A mí me gusta la vida suave, las manos suaves, los terciopelos, las cosas mórbidas, el cariño.

—Como vos.

—O como tu suéter. Dejame tocarlo, es tan suavecito, tan cálido. Vos también debés ser suave y cálido si te sacás las espinas, con vos hay que hacer el amor como lo hacen los puercoespines: con mucho cuidado. Estás lleno de pinchos que tendré que irte sacando de a uno, hasta tenés medio crecida la barba, no me rocés la mejilla que me la vas a dejar irritada, pero podés rozarme otras partes si querés.

Agustín se hundió en las carnes de Baby Jane, y mientras la exploraba y la besaba y trataba de desaparecer en ella, entre esos pechos enormes, esos muslos tan de seda, pensaba que habría que ponerlo en palabras más inspiradas, más como de pulpa y tibieza de sol, palabras mórbidas pero también eso resultaba banal, la delicia empezaba a ser otra, untuosa y calentita, un sambayón del alma, esos gustos cursis, de antes, gustos olvidados que retornan desde lo más hondo de la añoranza. Tactos y olores de infancia sin exigencia alguna.

Cuánto te debo, le preguntó después a la gorda y la gorda le dijo Estás loco, éste no es un prostíbulo qué te creés, y él se quedó cortado sin saber qué hacer con las manos, con todo el cuerpo que se le había vuelto de estopa. Ahora vení, tenés que buscar tu manuscrito, le dijo la gorda. Ya no quiero mis manuscritos, contestó él. Otro día, dijo entonces la gorda. Otro día, repitió él con bastante esperanza en la voz.

7.

No era ya cuestión de volver a su antiguo departamento a reclamarle algunas pertenencias a la subinquilina. Demasiado tarde, en la noche y en el tiempo general de la vida. Volver atrás, para qué, cuando el verdadero volver atrás significaría en realidad volver a Buenos Aires, a su infancia, a su. Bueno. Se metió en un drugstore, compró un cuaderno y un bolígrafo, y se encaminó hacia el Village en busca de un café donde pudiera sentarse a escribir. Estaba nevando muy tiernamente y la noche no era demasiado fría. Agradeció el haber tenido fuerzas esa misma tarde para comprarse unas botas de goma, unas medias de lana, agradeció el impermeable de Roberta forrado de corderito que le quedaba bastante ajustado, agradeció otras cosas sin especificarlas. Tan pocos coches, tanto silencio. Un silencio denso, palpable como sopa de tapioca, una calma de las que Agustín no se hubiera imaginado en New York antes de conocerla. Ciudad también calma y amistosa, con corrientes de desenfrenada fantasía y belleza circulando entrecruzadas con las otras. La nieve mitigaba los contrastes, la nieve lo iba espolvoreando todo de una iridiscencia bajo la que desaparecían hasta las bolsas de basura y eran enormes bolsas de plástico, negras, como las que se usan para traer los cadáveres de soldados después de la guerra. Agustín era un soldado después de la guerra, un cadáver de soldado en una enorme bolsa de plástico no negra sino blanca, que ya empezaba a transmitirle el consabido frío.

Sólo los desesperados y los locos andan por las calles en una noche así, se dijo. Faltaban unas cuantas cuadras para entrar en el Village, para perderse en las arboladas calles curvas de casas mansas, donde habría gente retozando bajo la nieve y paseando sus perros. Todavía no, sólo ríspidas fachadas y uno de los tantos desesperados acercándosele para pedirle monedas. Agustín no tenía, creyó que el tipo lo iba a achurar y casi llegó a esperar que el otro lo achurase: una salida fácil, la manera más simple de terminar con todo y hasta con la cobardía de no poder hacerlo de propia mano.

El otro ni se detuvo a insultarlo, siguió su camino deslizándose por la nieve y trastabillando. Agustín se rio de sus aprensiones, se acordó de Baby Jane, de los absurdos portaligas con puntillas que habían marcado el romance, rio un poco más fuerte y se metió en el primer café que encontró. Quería sentarse a escribir antes de que se le agotara la risa. Antes de ponerse a cavilar de nuevo.

En una historia de infancia hay metida otra historia que no tiene desenlace, con una mujer caminando por el piso alto con toda la masa encefálica al aire. Lleva en la mano un hacha y busca venganza. No acercarse a esa mujer, no meterse en casas abandonadas en el bosque. Recordó la casa que le habían ofrecido, en los Adirondacks, rodeada de bosques, donde quizá lo estuviera esperando la mujer de la masa encefálica contra la cual no podría defenderlo arma alguna. El había comprado un revólver y se había defendido de otra mujer que no quería atacarlo en absoluto aunque quizá quería darle con el hacha. Qué cuento, qué destino de mierda. Entre los pechos de Baby Jane, en sus sobacos, sumergido en sus adiposidades y repliegues y zonas húmedas, se había sentido protegido. Allí sólo acechaban peligros de cartón: látigos y jaulas y varas de mimbre y agujas y aros de oprimir testículos y clips para pezones pero hasta ahí llegamos.

¿Cómo quiere que me guste la tortura sexual consentida cuando vengo de un país donde se torturaba dizque por razones políticas, por el puro horror, con víctimas desesperadas y para nada complacientes? ¿Cómo quiere que me guste o me interese, siquiera? Lo que necesito es saber por qué alguien se convierte en torturador, en asesino, saber por qué un ciudadano probo puede un día cualquiera y sin darse cuenta transformarse en un monstruo.

Frases apenas intuídas, preguntas imposibles de formular en voz alta, y menos a Baby Jane de aire tan inocente.

Abrió el cuaderno con idea de anotar lo de la inocencia. La inocencia que puede ser hallada en las cloacas del mundo. Nada de eso escribió, se fue lentamente hundiendo en vericuetos sobre la libertad interior, con confusas confesiones y asociaciones vagas. Y mientras las iba escribiendo se iba dando cuenta de que sólo habría de descifrarlas mucho pero mucho más adelante.

Escribir sobre lo muy cercano, tarea casi imposible. Hay que estirar el brazo mucho más allá de su propio alcance para poder tocar lo que está casi pegado al cuerpo. ¿Qué brazo kilométrico tendrá que estirar para poder apenas alcanzarla a Roberta, rozarle la mejilla? A Roberta, tan tan cercana a él, tan casi él.

La escritura que no puede escribirse, el abrazo que no se da, el beso del que uno siempre está tratando de huir sin darse cuenta.

Recordó una historia de Roberta y era historia real. Ella nunca había logrado escribirla, como tantas otras, cápsulas de vida que conservaba y a veces repetía en voz alta sin encontrar la distancia necesaria para trasladarlas al papel.

El le escribiría la historia a Roberta, al menos esta mínima historia que no lo involucraba. Roberta y el mendigo como ella se la había contado, casi oyendo la voz de Roberta y entonces ya no sería algo escrito, desenmarañado; seguiría siendo esa magma de lo literal, de aquello que todavía no accede a la noble condición de metáfora. El mendigo se le había acercado en una esquina, cuando Roberta conversaba con cierta amiga con la que acababa de encontrarse. Estaba tapado con harapos el mendigo y tenía un bruto olor a alcoholes baratos. Pidió plata para poder seguir tomando. Roberta, que apreció la honestidad y sobre todo quería sacárselo de encima, le dio un dólar nuevecito, crocante. Al mendigo le agarró un ataque de emoción y para retribuir tanta generosidad le tendió a Roberta un cigarrillo todo estrujado, deshilachado. Roberta le dijo no gracias, no fumo, pero el mendigo insistió con su tufo a alcohol, tratando de meterle el cigarrillo en la mano, y Roberta que gracias, no fumo, no, pensando que el cigarrillo le podía ser de alguna utilidad a él y para ella era sólo un poquito de tabaco camino a la basura. Entonces al mendigo se le llenaron los ojos de lágrimas, empezó a pucherear como los chicos, y Roberta conmovida le puso una mano sobre el hombro y le dijo Es verdad, no fumo, y el hombre inmundo, con su noble cara de persona, llorando y moqueando trató de echarse en brazos de Roberta y ella huyó despavorida y siempre, siempre, hasta el día de la fecha, no pudo perdonarse ese rechazo.

Frente a su cuaderno en la mesa de café a Agustín le dolía también la historia, en momentos en que él no había sido rechazado, había sido aceptado a pesar de todo. Por esa Baby Jane, quién hubiera dicho. Más vale no pensar en el incidente. Allí donde estaban todas las armas al alcance de su mano, él no había querido user arma alguna. O no había podido. Ni siquiera esa que puta madre natura le había dado y que no era arma sino todo lo contrario y sin embargo. Como el hacha ¿del verdugo?

Dejó el pago de su café sobre la mesa y se levantó sin mirar a la chica que servía. Una flaca. Tantas flacas cuando existen esas mullideces a las que se hace necesario retornar.

Al menos en lo de Roberta hay un edredón de plumas. Y buena calefacción y una cama. Sobre todo una cama.

8.

—¿Qué te dijo Ava, trajiste sus manuscritos?

—Ni la vi ni los traje ni quiero pensar por qué vos te metés en lugares como ése.

—Cierto. Qué tanto andar buscando la literatura por los lugares más sórdidos cuando la literatura viene a tu propia casa, solita.

—Dejate de, empezó a quejarse Agustín pero se fue quedando dormido, tirado sobre la cama deshecha con las botas de goma puestas, acurrucado sobre el edredón.

Roberta le sacó las botas a los tirones con la secreta intención de despertarlo, pero él siguió como si nada, aferrándose a las sábanas revueltas y alejándose de ella.

¿Dónde estará el amor en todo esto? volvió a preguntarse Roberta como en un eco.

Y se instaló frente al televisor para ver una película. Y otra, y quizá una tercera si fuese necesario.

Cuando empezó a sonar el timbre no le prestó atención, lo creyó parte del film. Pero el timbre se hizo más insistente. Quién, preguntó acercándose a la puerta, asustada. Una voz conocida le dijo Oigo el televisor, no estás durmiendo, abrí. Y Roberta abrió para encontrárselo a Bill casi pegado a ella, con su enorme sonrisa, todo oscuro él y maravilloso, como su mamá lo había traído al mundo pero considerablemente más desarrolladito. Estás desnudo, se asombró Roberta.

—Y sí. No tengo qué ponerme, ando buscando una pila de ropa, mucha ropa. Vos sabés que los tiempos cambiaron pero yo añoro el pasado.

—No estoy sola.

—No me importa.

—¿Dónde está tu ropa?

—Por el incinerador. Quemé las naves.

—Estás loquito ¿y ahora?

Por lo pronto lo dejó pasar. Agustín dormía profundamente y ni notó tanto movimiento. Aumentaron el volumen del televisor, apagaron la única luz y empezaron a abrazarse sobre el sofá hasta que Roberta dijo Sí, tengo una pila de ropa, vení.

Y lo llevó al enorme placard que ella conocía íntimamente. Allí se quedaron todo el resto de la noche.

Roberta emergió del placard cuando Agustín ya estaba despierto. Tenemos visitas, le dijo.

Los dos hombres se midieron a distancia, como dos boxeadores, como gallos de riña. Después se sentaron a la mesa y tomaron juntos el desayuno preparado por Roberta.

—¿Usted es un personaje de Roberta, salido del closet de su mente?

—En absoluto. Tampoco soy un personaje suyo, de usted. Soy apenas el espía que volvió del frío, si quiere.

Asombrosamente Agustín no sintió amenaza sino alivio. Al menos se lo reconocía como escritor, algo era algo. Siguieron conversando de otros temas, como si Roberta y Bill no hubieran pasado media noche en el placard, como si Bill no estuviera usando unos jeans de Roberta que le quedaban ridículamente cortos.

Alguien quiere otra galletita, un poco de mermelada, iba preguntando Roberta como la excelsa ama de casa que estaba lejos de ser, y los dos hombres aceptaban, comían con cierto apetito asombroso dadas las circunstancias, y Roberta solícita insistía Voy a hacer más café, quizá quieran jugo de naranja.

Bill contaba que se estaba haciendo cargo totalmente de la boutique, transformándola en casa de antigüedades. Bueno, de cosas viejas pero bellas, quizá Roberta y Agustín tengan algo que quieran vender, podrían dejarlo en consignación.

—No somos de acá, le dijo Roberta, ¿qué querés que tengamos? Uno de los dramas del exilio, o al menos de la vida errante, es que te impide la acumulación. Hay tantas cosas que me gustaría tener y después me pregunto qué hacer con ellas en el próximo traslado. Una nunca sabe dónde va a ir a parar. Por eso sólo puedo permitirme un tapiz, esa obra de arte que enrollás y te metés bajo el brazo. El resto tiene que ser descartable. Una vida descartable, no es gracioso.

Bill preguntó

—¿Qué es el exilio?

—El exilio es saber que nunca más vas a volver al lugar al que pertenecés.

—Pero ustedes pueden volver a su país. Ya no hay más problemas, que yo sepa. Están en democracia, ahora.

—Poder podemos, ahora, claro, pero no sé si hay retorno posible. Las cosas cambian. No todos los caminos pueden ser desandados.

—Hay además un exilio de sí, más inevitable de lo que parece a simple vista.

—Lo que me recuerda, dijo Bill levantándose de un salto; corrió hacia la puerta de entrada, la abrió y desapareció.

Agustín le puso a Roberta cara de pregunta. ¿Qué significa todo esto? quisieron decir sus cejas izadas. Roberta infló los carrillos. El aire le salió con ruido por entre los labios apretados. Sin querer. Perdón, dijo por el ruido pero quizá por lo otro. Creo que estoy, empezó a farfullar y no pudo agregar más. Creo que estoy muy desesperada era la frase y no pudo terminarla porque en eso entró Bill con un bulto de ropa bajo el brazo y dentro del bulto los zapatos. Se sentó sobre la cama para ponerse las medias y después los borceguíes para la nieve. No me voy a atar los cordones, voy al baño a cambiarme, sorry, dijo. Agustín no le hizo caso. No tengo ningún derecho sobre vos, bastante te jodí la vida, le dijo a Roberta como si Bill no existiera.

No le dijo me voy, te dejo el campo libre. No lo dijo pero se puso en marcha, rápido para no arrepentirse, tirándose encima lo poco que le faltaba para estar vestido por completo.

Desde la puerta dijo

—Me toca a mí hoy emprender la retirada.

Roberta no lo detuvo.

9.

Roberta y Bill quedaron solos por primera vez en casa de ella. El se puso a husmear por todas partes Escueto pero atractivo, dijo. Pulcro, agregó, significando algo indefinido dado el desorden imperante. Me gusta, me gustás; tenés cada secreto y te siento tan cerca.

Así será la cosa, le contestó Roberta en inglés porque así era la cosa con Bill, todo tan del otro lado o de éste, del lado en el que estaba viviendo.

Bill chiflando bajito se movía con soltura muy suya, como quien ha pasado ahí toda su vida. Tomó los libros abandonados sobre la mesa y los acomodó en la biblioteca, levantó ropa del suelo y la fue doblando para ponerla sobre una silla, llevó los cacharros del desayuno a la cocina, recogió las miguitas de la mesa con la mano, empezó a acomodar papeles.

¡No me toques los papeles! le gritó Roberta. El la miró. Ella se echó atrás.

—Disculpame, le dijo. Ando llena de espinas. No sé. Ya no sé nada. Quisiera irme de todo esto. ¿Si me voy, me llevo los papeles? ¿Te parece que alguna vez voy a volver a escribir? Se supone que yo era escritora, en una época ¿sabías? y hace tanto que no escribo.

—No te vayas. Si en definitiva uno nunca se va de verdad. Me lo dijiste vos misma, acordate. Y yo no quiero que te vayas, quiero conocerte mejor, contame de vos.

—Cuando era chiquita. Tenía una familia muy formal y una tía medio loca. Medio loca, medio tía. Digamos. Prima muy joven de mi madre pero siempre andaba por casa, creo que estaba medio enamorada de mi padre, ese señor de la pipa. Tan solemne, él. Todo medio, viste. Pero en revancha, digo, mi media tía no andaba con medias tintas y me leía los cuentos más terroríficos que podía encontrar. Para hacerme comer, decía. No me gustaban o me gustaban demasiado los cuentos de mi tía y por eso me puse a escribir, creo, para inventar mis propios cuentos. Que me gustan a medias. Que también me asustan. ¿Dónde andará la ternura en todo esto?

—Acá, le contestó Bill, agarrándole la mano y poniéndosela sobre un sector interesante de su anatomía. La de él.

Roberta aceptó. Por un largo rato los poros se le llenaron de ternura, todos los labios, las interioridades, el alma, se acordó del alma, de aquello que está sin estar y se estremece, sintió la ternura en bocanadas cálidas transformada en un animalito dulce que le corría por las venas, se dejó recorrer por la ternura hasta que no pudo más con esas olvidadas sensaciones y un poco lo empujó a Bill y otro poco se fue escurriendo de debajo de él.

—Dejame respirar, le pidió.

Después se dio cuenta de que no se lo estaba pidiendo a él sino a las circunstancias y se echó a llorar. Bill no dijo nada, la tomó en sus brazos, la acomodó contra su pecho y la fue acariciando hasta que ella le dijo Dejame, va a volver, y él le preguntó ¿Le tenés miedo? y ella se dio cuenta de que sí, le tenía miedo pánico, pero no a Agustín sino a su propia falta de sensaciones, al no haber sentido miedo de él en todo ese período, al haberse dejado arrastrar por una desesperación ajena.

Trató de decirle a Bill algo que no fuera una mentira sino una aclaración

—Con Agustín nos embarcamos en una aventura muy fuerte, una indagación muy profunda, estuvimos revolviendo mucha mierda, sacamos a relucir todos los fantasmas que pudimos, nos metimos por las zonas prohibidas, buscamos aquello que no podía ser nombrado. Creo que necesitábamos una respuesta y no hay respuestas, los interrogantes siempre abren nuevos interrogantes, no sé, me siento muy lastimada, muy lejos de todo, a distancia.

—Estaban escribiendo una obra de teatro.

—Sí. No. Por momentos, después no sé.

—Contámela, si podés.

—Hay un asesinato, creo. De una mujer. Al principio creí que la víctima era hombre pero resultó ser mujer y entonces ya no entendí nada. Por qué había que matarla, nada. Pero él insistió. La mató. Sigo sin entender. Era una tipa joven y mona, macanuda.

—Como vos.

Roberta se le quedó mirando. Largo rato. El tenía los ojos casi verdes con chispitas luminosas, inesperados en ese rostro tan oscuro. Se le quedó mirando como queriendo meterse en esos ojos y olvidar el resto.

—Sí como yo, aceptó por fin en voz muy baja. Y agregó

—No es tan difícil matar ¿no? después de todo.

10.

Agustín está en el banco —cajeros automáticos— sorprendiéndose en plena recuperación de sus aprensiones, azorado en la breve cola, sin poder acordarse del número que abriría las puertas para ir a jugar.

¿La clave? Depositada en manos de Roberta y olvidada. Roberta hada madrina. Qué carajo. Ella se había estado ocupando de esos menesteres últimamente, cancelando deudas, armándole la vida por correo. Basta ya. Las arcas bien podían estar vacías y él ahí como el imbécil que era dejando que una mujer —esa mujer—

le saldara las cuentas como si sus cuentas fueran, etcétera. Angelito, angelito, un dos, ta te ti, dame el número, no me lo dejés escapar, angelito, el ábrete sésamo en la cueva de Alí Sai Baba, ja, dame, uno dos tres cuatro no era, otros números cuáles, angelito. Ya me va a llegar el turno y no me acuerdo, sólo me acuerdo de Le ha llegado el turno pero él se aparta hacia un costado y allí se detiene.

A un costado para recuperar la memoria. Y la memoria, esa perra, le hace jugarretas. Nada del número, la clave. No hay cifras, en su memoria —Martín pescador ¿me dejará pasar? Pasará pasará y el último quedará. Detenido. De-te-ni-do. No. Por favor. Huir, rápido. Escapar por la tangente, rememorar los tiempos de recién llegado, cuando todos los actos parecían de liberación y de fiesta. Fiesta. Como en esos lugares del bailar hasta descoyuntarse pero él no bailaba. No. Roberta lo había llevado a esos lugares. Peligro sin peligro. Otras mujeres también lo habían llevado. Arrastrado, casi; él no bailaba pero la pista sí, se iba agrandando, las paredes iban abriéndose, las paredes bailaban y a veces eran cortinas rítmicas o paneles corredizos incorporándose al baile de los otros, no de él que no bailaba y miraba mientras las luces iban transformando a los otros en un ser único, múltiple y desaforado. Sin ánimo de sacudirse demasiado, él, sólo queriendo intentando esperando pertenecer y era a veces bajo una cúpula estrellada, traslúcida, con proyecciones de planetario danzante y las estrellas surcando también el piso y las paredes, universo en loco girar haciéndolo girar a él, que sin ánimo de moverse, ya sin sentir los pies sobre el piso o sobre la bóveda o las paredes, giraba al ritmo de estrellas proyectadas a todo galope. O la cosa era en túneles. Hondos, insondables túneles de tren subterráneo, abandonados, horadados por otros túneles de luz, rayos laser dibujando su inexistente geometría de colores, su realidad holográfica.

(Más adelante la memoria se le transformaría a Agustín en el holograma de un gesto repetido, inconsciente, gesto que no recuerda haber ejecutado y sin embargo lo marca y sabe que lo hizo: su mano derecha se mete en el bolsillo saca un revólver y lo lleva hacia una sien muy poco definida, fuera de foco. Su mano derecha se mete en el bolsillo saca un revólver y lo lleva a una sien muy poco. Su mano derecha saca revólver y a una sien. Mano revólver sien. El gesto ha sido completado aunque él a veces lo detenga en fragmentos. Sabe que en cada pedacito de su memoria, en cada mínima molécula está ese gesto completo con todas sus completas consecuencias. Un movimiento inexplicable que empezó quizá en los tiempos lejanos de su infancia y culminó aquel día, si es que ha culminado).

En el banco, sólo recuerdos de baile. Pero él no baila, no. El se mantiene serio a un costado mientras se desarrolla la fiesta, ahí mismo, en la sección del banco donde están los cajeros automáticos, porque un loco o quizá iluminado amigo de Roberta —¿o de alguna de las otras, en tiempos indiferenciados?— había decidido celebrar su cumpleaños en ese preciso lugar prohibido y a la vez accesible. Bastaba la tarjeta magnética, todos entrando al banco con botellas de champán y latas de cerveza y los ghetto-blasters y hasta una torta con velitas. A las once de la noche para no toparse con demasiados clientes, festejando un cumpleaños a la espera de las doce y de que en cualquier momento los vinieran a echar a patadas. Un acto de mansa subversión, con las cámaras de video del sistema de vigilancia del banco apuntándolos. No apareció nadie y qué sorpresa al día siguiente cuando se pusieron a mirar los *tapes* pero seguramente nadie nunca los miraba mientras no sonara alguna alarma.

New York era la ciudad más maravillosa del mundo en los primeros tiempos de su llegada. Alguien le había hecho la pregunta: ¿Dónde hubieras elegido vivir durante el Imperio Romano aún en plena decadencia y sobre todo en plena decadencia? En Roma, naturalmente, había contestado él, como quien dice New York a fines del siglo veinte desmoronándose y festejando a pleno. Un tiempo de estar vivo, un ir reconstruyendo el mundo a cada paso. Y ahora

Una mano se le posó sobre el hombro y Agustín la percibió a través del ridículo impermeable de mujer forrado de corderito. Una mano mansa.

—¿Se siente mal? ¿Puedo hacer algo por usted, buscarle un vaso de agua?

Girando apenas la cabeza Agustín vio una cara muy pálida, despejada. Diáfana, se dijo, la palabra es diáfana, nimbada por espumosas bufandas tejidas con lanas de colores pastel. En uno de esos saltos de memorias, esos flashes del escaparle al momento cultivados en los últimos tiempos, pensó que esa figura bien podía ser el positivo, la versión blanca y enteramente femenina de aquél que aspiraba a ser su propia versión femenina, allá en el verano de Washington Square, enfundado en un largo vestido de abigarrados cuadros tejidos por él mismo, bailando al compás de quienquiera estuviese tocando en ese momento lo que tocara. Ella —la del banco— se estaba muy quieta, muy dulce, le insistía ¿Necesita algo? ¿Quiere que le dé una mano? ¿Quiere? ¿Necesita? Agustín estuvo a punto de decirle sí cuando se le vinieron encima los carteles: "No preste su tarjeta a nadie por ningún motivo" "No permita que otro inserte su tarjeta en la ranura por us-

ted" "No deje conocer a nadie su número de código".
No diga, no preste, no aclare, no pida, no deje, no diga.
Y él menos que nadie.

—Nada, gracias. Tuve un mareo, no necesito nada,
gracias. Ya pasó.

Cuando en realidad lo necesitaba todo y se le veía en
la cara. Ella, con la diafanidad de sus doradas trenzas
enroscadas como orejeras, con sus ojos de un azul de
opalina, no se dejó amilanar

—Mirá, no estás bien. Vamos a tomar un café ahí
enfrente, debés tener muy bajo el tenor de azúcar en la
sangre.

Su presencia parecía calmarle la ansiedad, a Agustín. Le hizo un gesto vago de ir hacia las máquinas, ella
se mantuvo a prudente distancia y él frente a la pantalla pudo por fin acertarle a los números de colores y
conseguir los billetes. Verdes.

Para festejar fueron al café. Ella pareció sorprendida
cuando él rechazó con espanto la invitación de subir a
su casa, ahí nomás sobre el café, a un paso.

Dos pisos a pie, no te van a matar. No no, todo lo
contrario, contestó él incongruentemente mientras
tomaba un muy cubano café con leche (en español en el
texto) y recuperaba algo de su lucidez.

Ella sin las bufandas y sin el tapado mostraba un
largo cuello transparente, y con finas largas manos
deshojaba una sfogliatella mientras le narraba a Agustín las seducciones de su hogar

—Tenés que venir a conocerla a Rosie, mi rata
amaestrada. Es una belleza. La salvé del laboratorio, la
iban a viviseccionar y me pareció tan dulce. Tiene el
hociquito rosado y ya está grande, más grande que las
que se te cruzan en el parque, le doy bien de comer,
tiene el pelo lustroso, no le doy basura y papas fritas y
pedazos de hot-dog como comen las otras. Rosie es

vegetariana. ¿Vos qué hacés en la vida real?

—Soy escritor, confesó Agustín a pesar suyo, atragantándose un poco con la medialuna. Omnívoro, agregó.

—Yo trabajo para el Museo de Ciencias Naturales. Quería hacer taxidermia pero después no me gustó, trabajo muy sucio. Ahora fabrico animalitos para ellos. Si vieras, me salen idénticos. Vení a casa, te muestro mis cucarachas, el nido de ratones que asoma debajo de mi cama. Son una belleza.

—Vos también. Sos una belleza, quiero decir. Y no me pidas que suba. No, no puedo, no conviene, no debe ser, no

recogió la cuenta para pagarla a la salida y se fue sin despedirse.

Debía reaprender a arreglárselas solo en la ciudad. En el mundo. Nadie podía ayudarlo, ni Baby Jane tan dulce en medio de la mierda, ni esa muchacha tan dulce ofreciéndole una mano, ni siquiera Roberta que en materia de darle una mano había exagerado de lo lindo y se había propuesto darle el codo. O peor aún, poner el hombro. Y ahora se lo estaba quitando. Le estaba quitando su cuerpo, el cuerpo que es la escritura y todo lo verdaderamente valioso. Volvería a casa de ella a darle las gracias y decirle que no necesitaba más su sacrificio, de ahora en adelante él se las arreglaría solito y perdón por haberla molestado pero por favor sigan siendo amigos porque él acá no tenía amigos.

Entró con su llave y los encontró a Roberta y a Bill metidos en la cama, púdicamente tapados, lado a lado, con las sábanas hasta las narices, dos pares de ojos asomando algo risueños.

—Perdón, no quise molestar, no.

—Pasá no más. Hacé como si estuvieras en tu casa. Aceptó la invitación, se negó a reconocer la ironía en la voz de Roberta y quizá ni siquiera hubo ironía, se echó sobre el sofá y empezó a sacarse las botas, después se contuvo. Vine un ratito no más, tengo que volver a salir. Necesitaba un poco de calor amigo.

Y Bill, tan a sus anchas en su piel sin culpas o arrepentimientos, decidió incorporarse al cuadro y ofrecer su ayuda. No por eso su aprecio, más bien su apoyo como apoyo indirecto a Roberta

—Si hay algo que yo pueda hacer.

—Si hay algo que hacer nadie puede hacerlo por mí, gracias. Y digo gracias en serio, no como un rechazo. Gracias.

—OK.

Roberta sin quererlo hizo una nueva distribución de papeles

—Date vuelta, Agustín, me voy a levantar. Voy a preparar un Bloody Mary, creo que nos hace falta.

(Más tarde le comentaría a Bill: Pobre Gus, lo desplacé de un plumazo de mi cama, justo cuando empezaba a volverse un poco más humano. Y Bill le aclararía lo obvio, que un poco más humano no es humano del todo, y si ella lo había desplazado con tanta facilidad es que ya estaba desplazado desde antes.)

Tomaron sus tragos, callados. Después Roberta le dijo a Agustín Andá a hacer lo que tenés que hacer, pero volvé a buscarme esta noche, es la fiesta de Lara y te están esperando.

Por sobre el hombro de Roberta Agustín lo podía ver a Bill, haciendo la cama muy dueño de sus actos. Quizá por eso dijo Sí, voy a volver, paso a eso de las siete a buscarte, vayamos a lo de Lara. Vos y yo.

IV

1.

Agustín —no se lo dice— dejate de embromar, me tenés harta. En cambio le dice Basta. Ni eso hubiera querido decir, ni una palabra más, caso cerrado.

Para no tener que contestar a sus lamentaciones Roberta quisiera que el encaminarse juntos hacia lo de Lara fuera apenas una coincidencia.

Yo no te arrastro a ninguna parte, venís porque querés, porque estás invitado; no se lo dice, no quiere verse más envuelta en sus manejos, piensa. Y piensa también: basta de dejarse entrampar. No más hacerle de madre, ahora madrearlo como dicen los mexicanos, mentarle la madre, putearlo, patearlo, sacárselo bellamente de encima camino a lo de Lara cruzando las enmarañadas calles de Tribeca.

Cuidado —no lo dice— no te dejés arrastrar por los autos que enfilan hacia el túnel. A veces pienso que habría que salirse de la isla, rajarse de Manhattan, le dice. Y después también le dice, porque no puede contenerse: y andá sabiendo que ustedes dos no son intercambiables, che, y no te estoy llevando porque el grone

como vos lo llamás no puede venir, no te traigo no te
llevo ni te arrastro, apenas caminamos hacia una invitación compartida, si mal no recordás. No necesito
que nadie me acompañe a parte alguna, se olvida de
agregar porque a su vez ella lo había olvidado: su no
necesitar por largos meses depositado en la necesidad
del otro.

Recién frente a la entrada del edificio donde vive
Lara, cuando un desconocido baja a abrir y los conduce al enorme montacargas que oficia de ascensor, empieza Roberta a sentir que va recuperándose, no en el
sentido de reponerse como quien sale de una larga y
ambigua enfermedad, sino como si se tratara de un objeto largamente perdido y reencontrado.

Y le dice a Agustín Dale que estamos una vez más
escribiendo con el cuerpo, pongámoslo en palabras,
dale.

Estamos en una jaula negra que sube por el negro
túnel y somos pájaros estampados contra las paredes.

es una jaula sin techo tirada por cadenas

alguien de entre nosotros acciona las cadenas no lo
conocemos, tira y tira de las cadenas

en un enorme esfuerzo por izarnos

subimos por el socavón de una mina vertical, nunca
vamos a encontrar la veta, no hay tal veta ni mina si es
por eso

no hay tal veta. No usemos más la palabra nunca. Ni
la palabra mina. Acordate, The Mine-Shaft. Lo tuvieron que cerrar por atroz, por insalubre. Las cadenas. Aquellos que iban a hacerse castigar y golpear con
cadenas

la cadena perpetua. Si empezamos a vetarnos las
palabras yo soy el que tendría que decir no, y no puedo

ta bien. Sigamos. Ahora con la enorme palanca este

caronte en ascenso que no dijo ni esta boca es mía y vaya una a saber qué idioma habla nos abrirá la puerta del tesoro.

Las pesadas, enormes puertas metálicas, único acceso al otro territorio, el loft de Lara.

Feérico, hubieran dicho al unísono al salir del negro montacargas si no fuera que un poco de pudor les quedaba con respecto a las palabras, al menos para evitar las más rimbombantes. Feérico, hubieran dicho, y y también inquietante, que era mucho más fácil de decir. Inquietante ese titilar de invertido cielo, hecho de velas y velitas y velones, en vasos y en candelabros, algunos con chorreaduras de colores, depósitos de otros tiempos en el desmesurado espacio de Lara.

—De nuevo dejaste de pagar la cuenta de luz.

—Roberta gran desaparecida.

—(No por favor, esa palabra, no)

Se entrecruzaron las voces y la de Roberta sonó irónica, prevaleció la de Lara y apenas se oyó la súplica de Agustín, de todos modos referente a otra circunstancia.

En su espacio cocina, Lara resplandecía sobre la marmita, brillante de vapores. Agregaba hierbas aromáticas, revolvía sin dejar de hablar. No eran conjuros, eran invitaciones: Y sírvanse no más un vasito de vodka, hoy somos rusos, hay boeuf stroganoff o algo que se le parece, espero, y a vos Roberta se te escapó la poesía, ésta es iluminación indirecta, mágica. Y sí, quieren desalojarme, pero esta vez no me cortaron la luz, como si me importara. Nos quieren desalojar a todos los del edificio que cada día está más lindo, van a ver. Pasame el vino, por favor, no no para mí, para el guiso. Y sí, cambié todo el decorado, van a ver, ahora tengo un jardín de invierno, están todos ahí.

¿Todos? muy en voz baja se aterró Agustín. Podrían ser batallones a juzgar por el tamaño de la olla.

—Un hombre que masculla. Hay que cuidarse de esa fauna.

—Hay que cuidarse de la pol

—Sí sí, lo interrumpió la scout que dormitaba en el alma de Roberta, la siemprelista. Sí, Magú dice que debemos cuidarnos de la polución, de la política, de la polaca, de los poltergeists.

—No hay peligro, esta casa está muy protegida. Gracias a Glenn. Protección espiritual, que le dicen. Glenn está en el jardín de invierno, ya van a ver, lo armé después de encontrar unos silloncitos divinos de mimbre antiguo en la calle. Lo encuentro todo en la calle, ¡la ciudad me hace cada regalo! Roberta, decile a ése que no musite más, que mire bien, ya va a poder escribir sobre todo lo que encuentra acá, mi decorado como sabés se va transformando con el correr del tiempo y de mis correrías. Esa escultura es nueva, por ejemplo, encontré un tanque de inodoro de los viejos, ¿se acuerdan? de los tiempos cuando se tiraba la cadena, una maravilla, le colgué un figa como agarradera, un pene para tentar a ciertos muchachos que frecuentan este reducto. Las muñecas de cartón que asoman del tanque ¿no le encantan esas piernitas tan de vaudeville? también las encontré sobre un montón de desperdicios cierta noche que andábamos de ronda con Jack, pobre Jack, me traía suerte, encontraba cada tesoro en la basura urbana, encontraba todo, todo, un poco demasiado, les diré, encontraba también a los seres de las pilas de basura, para su uso y abuso. En fin, murió en su ley como quien dice, aunque ésta sea una ley tan nueva que nadie todavía descubrió cómo hacerle la trampa. Jack estaba decidido a salvarse, pero nadie se salva. Jack sabía encontrar cosas y se topó con lo otro. El retrovirus, lo llaman, preguntale a Héctor Bravo. Con Jack cierta noche encontramos en una esquina lo que parecía una pila de trapos y eran tesoros. Terciopelos con los que me hice el baldaquín de la cama. Se lo voy a enseñar otro día. Hoy no se puede entrar a mi dormitorio porque todos los papeles están en el orden en que cayeron. Dice Glenn que hay que respetar el orden.

—Tengo que irme

en que caen los papeles. No te escapés, hombre, como escritor tendrías que saberlo. El orden de los papeles escritos es el orden del mundo. Yo también estoy escribiendo una novela. Las voces me la dictan, es algo increíble. Glenn me enseñó a atender mis voces.

—Creo que oí. Hablar de él, digo. De Glenn.

—Claro, es famosísimo, ya lo vas a conocer, Bobbie. Era el vidente de Madonna.

—¿De Maradona?

—El fútbol es y será una porquería, ya lo sé.

—De Madonna, no embromés. Glenn es un hombre extraordinario, purisísimo, no sé qué haría sin él. Me descarga todos los objetos que traigo de la calle, dice que vienen muy cargados de malas vibras y por eso murió Jack.

—Por lo que contaste los que estaban cargados no eran precisamente los objetos.

—No hay sujetos.

—Ustedes dos son imposibles. No se les puede decir nada. Todo lo confunden. Pero a mí no me van a confundir. Yo conozco el lugar de las cosas, por eso puse allí esos mascarones que rescaté de una demolición, para que

o rescató de un derrumbe, quiso acotar Agustín

173

pero optó por callar, como tantas veces. En silencio
para tratar de escuchar/no escuchar esas voces que casi
nunca decían lo esperado, y esta vez era la voz de Lara,
meta y meta, trazando los contornos de su propio terror vacui

   me sonrieran.

Cada milímetro de la descomunal extensión del loft
—cortada por la consabida hilera de columnas de hierro fundido— configuraba una escenografía por momentos infantil y bastante perversa, un circo mágico de
payasos y de monstruos donde caballitos de madera y
fieras devoradoras convivían en un ritual transformis-
ta, donde la cabeza de leopardo, de fauces ensangren-
tadas, pongamos por humilde caso, era almohada para
lánguidamente apoyar la propia cabeza.

Lara iba avanzando en forma verbal y física por su
mundo de reflejos. A lo lejos la marmita humeaba por
su cuenta, cumpliendo su cometido de cocción a fuego
lento.

Y este fantoche también es una escultura de Jack,
explicaba Lara. Es mi ángel tutelar. La máscara de
Oruro me la dio un boliviano que se tuvo que volver a
su país con mucho menos equipaje del que había traído. Y estas tallas son de mi amigo haitiano, quizá lo
encontremos en el fondo, no sé si vino o no, alguna
gente se siente acá como en su casa y entra sin saludar,
se instala, hace lo que quiere, y mi amigo haitiano me
cambió estas tallas, maravillosas ¿no? por siete saxofones que vaya una a saber para qué le servirían y ni
siquiera me acuerdo de dónde los saqué. Pero eran siete, los saxofones, y creo que las tallas bien los valen.
Mirá.

No, eso no tiene importancia, no lo distraigas, quiero presentarles a Frida. Me van a decir que es una marioneta, pero mírenla bien: Frida está viva. La tenía

colgada sobre el tocador en mi dormitorio y no me dejaba dormir, a cada rato me obligaba a levantarme para ponerle collares o perfume, o para abrigarla cuando hacía frío. Ni me dejaba oír mis voces, era cosa de locos. Glenn me sugirió quemarla en un gran auto de fe pero no le hice caso. Por una vez no le hice caso a Glenn y a veces pienso que me equivoqué. De todos modos Frida no es mía, es de Ratcliff, un tipo sensacional, ya lo van a conocer cuando lleguemos al fondo, vengan por acá. Rat tiene una casa en el campo llena de marionetas, abandonada. Una casa abandonada llena de marionetas, figúrense, abierta a la intemperie, donde marionetas venidas del calor siciliano aprenden en carne propia el clima de Massachusetts. Todas las marionetas que puedan imaginar y ninguna como mi Frida. Frida es completa, hasta tiene su conchita, miren. Está viva.

Acto seguido le levantó las polleras a Frida, echándose a reír con todos sus finos rasgos, sacudiendo su leonina melena a la luz de las velas.

Agustín le apretó la mano a Roberta. Quién te dice ¿no?, pensó ella, que ésta como primera salida no sea un poco fuerte para él. O demasiado barroca.

Lara siguió avanzando con Frida en brazos, ya vacía de palabras. A Agustín el silencio le dio vértigo y siguió aferrado a la mano de Roberta, internándose con ella, sumiso, por caminos de velas. Como en un cuento infantil se dijo, absolutamente macabro se dijo, al irse acercando al supuesto jardín de invierno enmarcado por el clásico cerquito blanco.

En ese corral de la Dama del Unicornio, sentados en círculo, estaban los demás invitados. Quienes ya se sabía y los otros: el llamado Glenn, el llamado Ratcliff, una tal Abbie y aquellos que no tuvieron la dicha de ser señalados por Lara. Sólo sombras, del todo desconocidos.

¿Es ésta la película a la que debo aprender a reintegrarme? se preguntó Agustín cuando Roberta le hubo soltado la mano, empujándolo apenas por la puerta abierta del cerquito. ¿Es ésta la escena a la que me debo reincorporar para restablecer un orden que jamás podrá ser restablecido en mí? ¿Es éste acaso un orden?

Desde su blanco sillón de mimbre, tesoro de la basura urbana, el llamado Glenn levantó la vista hacia Agustín vacilante a la entrada y contestó a sus mudas preguntas con otra pregunta, a la manera jasídica: ¿A qué tantos interrogantes sin respuesta? le dijo con algo de sonrisa, y Agustín pudo avanzar un par de pasos e integrarse al círculo.

Acá, palmoteó ese Glenn el símil pasto para que Agustín se sentara. Acá, sobre la hirsuta alfombra verde como si fuera el más tierno de los céspedes.

Roberta liberada de mano pudo echarse sobre una silla tijera a la no sombra de una palmera disecada. Afuera había empezado a nevar, lentos copos pasaban bailando frente al ventanal y un silencio de nieve se coló en el supuesto jardín, más de invierno que nunca.

Sentado en el suelo, Agustín recogió las rodillas, las rodeó con los brazos y apoyó la cabeza en ese nido como si estuviera llorando. Roberta le pasó la mano por el pelo, olvidando sus sanas intenciones.

Los demás se sintieron contagiados.

Y en medio de ese no llanto, de esa insinuación o recuerdo de llanto, empezó a crecer la voz de Glenn modulando algo sobre sus gongs chinos como enormes soperas, y sobre la sopa de sonidos nutricios, untuososos, barrosos a veces y otras veces cristalinos como pocos.

Roberta fue la única en notar el estremecimiento del fetal Agustín y se dijo La culpa fue de esa maldita sopa, como quien malcita un tango y una vez más se equivoca, porque las asociaciones de Agustín se habían disparado hacia comarcas mucho más vastas, barrosas también y cristalinas. Su Río de la Plata, donde a veces reflotaban los ahogados. ¿Por qué los gongs de Glenn, apenas sugeridos, reflotaban a su vez ese tipo de recuerdos de otros tiempos? Recuerdos como cadáveres que son como recuerdos, y alguien les había abierto la panza para que se hundieran y alguien los había tirado quizá todavía vivos desde helicópteros del ejército, y uno no quería, no quiere saber de esos recuerdos. El estaba allí en esa época, debió de haber sabido cuando más que recuerdos eran reali

Agustín Palant, lo interpeló una voz masculina, devolviéndolo con nombre y apellido al aquí y ahora en casa de Lara. Agustín Palant, repitió la voz estirando una consulta interna... Su nombre me suena, ¿no es usted acaso el autor de esa novela por cierto memorable sobre la huída perfectible?

Muy probable, habría contestado Agustín de quedarle una pizca de su antiguo humor. O habría contestado Indudable. O algo igualmente descartable para ese señor afable que le hablaba de lo memorable de su novela indeseable.

Sin humor, sin fuerzas, contestó Sí, que es lo más fácil de contestar en este mundo, y quedó sorprendido como si el suyo hubiera sido otro de los infinitos sí de la mentira.

Su interlocutor no oyó la sorpresa y se puso a hablar como con cuerda, como los autómatas que poblaban el espacio lárico. Soy crítico y admiro su obra, recuerdo tal y tal pasaje —enumeró— usted es un digno émulo de fulano y zutano, grandes maestros de la literatura latinoamericana que para mí junto con la de Europa del este, bla, bla, y su novela me resulta hermana de esa gran obra de arte que es la novela tal, distinguidísima, vea usted qué coincidencia venir a encontrármelo justamente acá, pero yo siempre digo que la mansión de Lara y usted sabe que lo digo sin sorna, nada en mí carga sorna, váyalo sabiendo, yo siempre digo que en esta mansión de Lara uno encuentra a la gente y las cosas más extraordinarias. Es un verdadero castillo de asombros, vea, sin ningún ánimo kafkiano, yo no hablo en metáforas como ustedes.

La que sí lo hizo en ese instante fue la olla. Desde la otra punta del compacto universo del loft llegaron los efluvios, metáfora olfativa. Creo que ha sonado la hora del boeuf stroganoff, comentó alguien, y los demás empezaron a ronronear con ganas.

El crítico, desplazado del centro de atención, buscó la complicidad de la desconocida que había llegado con Agustín Palant y parecía ser su señora esposa, a juzgar por la mirada vacua con la que había estado siguiendo sus palabras señeras.

—Notará, le dijo a Roberta al oído, que la dueña de casa ni se ha percatado del hambre de sus invitados. Debe de estar escuchando sus voces. Cuanta más droga, más voces. Dice que le dictan una novela y ella escribe y escribe. Glenn la alienta, ese hombre es un peligro, y no precisamente para la literatura, porque tuve oportunidad de echarles una ojeada a los manuscritos de Lara y son puros garabatos. Plásticamente bellos, no lo niego, pero garabatos ilegibles y sin sentido alguno.

Y agregó en voz bien alta

—Despierta, Lara, despierta. No escuchés más tus voces, atendé el gruñido de nuestras panzas vacías.

Lara parecía conocerlo bien. Sólo le dijo Pragmático hambreado, pronto estarán las vituallas a disposición de tus insaciables fauces. Después se encaminó marcialmente hacia el ángulo oscuro del desmesurado salón, tras las columnas, a encender las velas que faltaban. A vista de todos apareció la mesa tendida con profusión de puntillas, decorada con candelabros dorados y rosas pálidas y algo mustias como flores de sombrero.

No hay forma de escaparle al teatro, pensó Agustín tres segundos antes de que Roberta le susurrara Cajas chinas del tiempo: estamos metidos en esto que parece un remedo de los años sesenta remedando algo finisecular y decadente.

2.

El buen vino y la comida hicieron su obra de transmutación anímica. Todos menos el tal Ratcliff hablaban a la vez, hasta que alguien quiso hablar por él y contó su proyecto de hacer la estatua de la libertad flotante para que también los del Bronx pudieran disfrutarla.

—No, no pudo menos que rectificar el aludido. Yo propuse montar la estatua sobre una balsa, con remolcador, para arrastrarla a alta mar y alejarla todo lo que fuera necesario cuantas veces su presencia se les hiciera molesta. Era un buen proyecto pero la municipalidad no lo aprobó. Ahora ya no me interesa. Ahora quiero todo detenido, estable, muerto.

—Pidió un certificado de defunción. También se lo negaron.

—En este país no se puede tener ideas.

—Como para no querer la quietud, con tanta marioneta.

—Yo me traje unas cuantas, para salvarlas, pero sólo Frida

—De todos modos, un certificado de defunción ¿para qué lo quiere? Total es como si ya estuviera muerto.

—No te dejan en paz.

—Te joden por los impuestos, no quieren que mueras para que pagues.

Roberta se sirvió otro vaso de vino.

—Y a usted, le preguntó Glenn de golpe, ¿por qué le palpita una gota de miedo en el fondo de los ojos? O quiza sea pudor y no miedo.

—Me gustaría saberlo. Usted por ahí me lo puede decir, usted parece tener mucho de poeta; yo soy apenas una humilde novelista.

—Novelista. Pero qué bien, se coló el crítico. Gente con estructura los novelistas. Permítame hacerle la pregunta neoyorquina por excelencia: ¿en qué está trabajando usted ahora? ¿Acaso nos obsequiará pronto con una nueva novela?

—Tanto como obsequiar, qué quiere que le diga, me temo que más bien voy a pegar una trompada. No. Digamos que estoy trabajando en una pieza de teatro.

Digamos que soy parte integral de la obra.

—¿Además actúa?

—En absoluto. Sólo me dejo estar. En esta ciudad que es el puro teatro.

En esta ciudad que es el puroteatro. En esta ciudad qu'es el purotea —dejó que la frase le rebotara en la cabeza, bang, bang, a derecha e izquierda, como el badajo de una campana, el puroteatro, como los gongs chinos, bang, y quiso mantenerla así. Se escapó hacia el baño, el refugio de los últimos tiempos, justo cuando Lara estaba conminando

—Teatro, tú lo has dicho, baby. Es hora de movernos. Tenemos que subir a ver al gran Edouard. Nos esperan.

Al cerrar la puerta Roberta aspiró hondo la privacidad del lugar más privado de una casa. Un refugio, casi un vicio últimamente para ella.

Lugar para sentarse a pensar a chorros o para forzar las ideas, a presión, que salgan, las ideas, total después se puede disponer fácilmente de ellas con un golpe de agua.

Y pensar que yo amaba esta ciudad, se dijo al buscar a tientas el interruptor de luz. Era una ciudad mutante, viva, y ahora sólo me queda su lado más oscuro, el del purotea

tro, agregó en voz casi alta, asombrada, al encender la luz.

Porque ese era el baño de Lara donde la introspección sólo podía correr por los carriles designados por ella. Fabulante fantasía animal desplegándose por todo el espacio disponible, hileras de seres y de bestias que parecían más que una historieta un dieciochesco delirium tremens en colores.

Roberta descubrió la continuidad del bestiario en el instante mismo de levantar la tapa del inodoro, púdicamente baja como el párpado de un ojo que sueña y deja transparentar su sueño.

La imaginería se desarrollaba en collages de figuritas recortadas de antiguos libros voraces como trampas. Pájaros y animales de éstas y otras eras geológicas, entrelazados, narraban una historia continua, desplegándose por el interior de la tapa y también por la otra tapa que es anillo ovalado circundando el torbellino.

Y había diminutos saurios escherianos deslizándose hacia el reverso del anillo, para que el macho de la especie de los bípedos implumes tenga acceso a los secretos zoomorfos en el acto mismo de micción.

Imágenes concatenadas, especie de piedra cruceta sanitaria, descifrable quizá.

Un baño para ser leído, y era lo último que Roberta quería hacer en esos momentos. Volvió a apagar la luz y fue a tientas a sentarse sobre escamas y plumas de papel, aplicadamente barnizadas.

Nada de distraerse con figuritas. Recuperar la frase que le llegaba desde el tiempo de escribir con el cuerpo sin siquiera saberlo y menos aún proponérselo:

llevaba dos años o menos en New York y ya creía conocer todos los secretos del andar callejeando a solas por las noches. En cierta madrugada límpida de verano se había apeado del ómnibus en la Tercera Avenida y la calle 8 para meterse de cabeza en la escena: dos personajes de idéntica piel oscura e idéntico chambergo aludo, uno con camisa de raso azul y el otro dorada, se peleaban a los gritos. El azul lloraba apoyado sobre el buzón azul y le gritaba su desconsuelo al otro, que le devolvía gritos de odio y amor entreverados. A Roberta le había gustado la escena, y la había atravesado como quien transgrede la cuarta pared, y supo que por fin pertenecía al teatro por el simple hecho de caminar por esa ciudad tan aterradoramente viva. Abolida quedaba la separación entre actores y espectadores, supo, porque en ese simple hecho de caminar por las calles nos jugamos la vida. Se sintió orgullosa de sí misma y se sintió valiente, el mayor de los orgullos. Con sensación de haber crecido de estatura, de formar parte de esa ciudad como quien transita por la cuerda floja y abajo no hay red, no hay retentiva, dejó atrás la Tercera Avenida y se internó por la antigua calle Stuyvesant donde todavía encendían los faroles a gas, recuerdo de hace cien años. (Todo esto lo ve tan rápido, con los ojos cerrados, memoria hecha de imágenes). Ella no camina rápido, va feliz, felicitándose, levitando por esa cuerda floja de la vereda en una ciudad que es el puro teatro.

El respingo que pegó entonces lo pega también allí, sentada a oscuras en el inodoro. Porque contra su cuerpo aparece (apareció) la sombra de un hombre. En el instante de darse vuelta sabe que en ese adentrarse en la escena una no puede dejarse distraer ni un solo segundo. Pero el hombre de marras no está a su lado sino a unas dos yardas de distancia, y le dice No se asuste, no pienso hacerle nada malo, se imagina, si quisiera hacerle algo me habría cuidado muy bien de proyectar mi sombra.

En la oscuridad del baño, ni sombras ni bestiario ni bultos que se menean. O sí, en Roberta, consciente de lo mucho que le va a costar reencontrarse con los aspectos más radiantes de la ciudad —figuritas recortadas de todos los libros de fábulas del mundo.

3.

Perfectos caballeros, Agustín y el crítico estaban esperándola frente a la puerta. De salida, no la puerta del
baño. Quiero contarle lo que vamos a ver en el último
piso, le dijo el crítico a Roberta sin la menor noción de
suspenso, abriéndole a Agustín más y más grande el
hueco de la angustia pero despertándole la curiosidad,
la muy morbosa. Quiero contarles a los dos porque
ustedes como novelistas van a poder apreciarlo en todo
su esplendor, una obra de amor ya van a ver, y pre-
párense para cualquier sorpresa porque el viejo Edouard no podrá moverse pero siempre nos reserva algo,
fue discípulo de Diaghelev, qué me cuentan, amigo de
Nijinski qué me cuentan, y ustedes observen bien a los
otros dos, los discípulos del viejo, Mark y Antoine,
capten los nombres. Van a ver, los muchachos son ca-
paces de cualquier cosa por distraer al venerado viejo.
Con el correr del tiempo le fueron armando un mundo,
un teatro, y el viejo a veces consiente en hacer su pre-
sentación de Mon ami Pierrot y ojalá no nos toque
porque es algo conmovedor hasta las lágrimas y tremendamente abyecto.

En el penoso ascenso en montacargas los tres viajan
sentados en la banqueta de terciopelo negro viendo
acercarse los enormes engranajes y ruedas del techo
mientras Lara manipula las cadenas del contrapeso. El
crítico los va poniendo en antecedentes, describiéndo-
les a estos dos novelistas un poquito aterrados, un algo
demasiado acurrucados el uno contra el otro, las transformaciones del loft del último piso que empezó siendo
estudio de danza donde Edouard vivía y daba clases
hasta que su discípulo favorito, el francés Antoine, se

quedó ahí con él y construyó el entrepiso de pesada escalinata y miradores, y los años pasaron y cuando Antoine no tenía más 17 sino unos 30, el viejo ya estaba bastante achacoso y el joven empezó a llevarse novios al loft, muchachos encontrados al azar de sus rondas nocturnas, y el viejo sentado detrás de una pared traslúcida, otro truco de teatro, o detrás de un espejo transparente pero prefería la pared traslúcida porque así podía oír y ser oído, aprobaba o desaprobaba, aceptando al novio y dejando que las cosas transcurrieran como dios manda o quizá como dios no manda en absoluto pero ellos insisten que sí, que esa es la verdad y la única verdad de la naturaleza, o desaprobando a los gritos, a los bastonazos, y entonces muy rápido había que desalojar al fugaz novio y salir corriendo, cualquiera sea la hora de la noche o de la madrugada, con frío o calor, bajo el más duro cierzo invernal si ése era el caso, a conseguirse un reemplazo aceptable. Así de agitada transcurría la vida, y ya tan pocas clases de danza y sí una que otra demostración de los discípulos que habían perdido el rigor de otros tiempos, hasta que apareció Mark. En una de esas noches de juerga, cuando Antoine de bar en bar aprovechaba para que las cosas buenas le pasaran en los cuartos traseros —los propios y los del bar, naturalmente— aprovechaba porque no aparecía ninguno que le pareciera aceptable para Edouard pero sí para él, cualquier tipo era aceptable con sólo contar con ciertos atributos puestos a su servicio, fugazmente es cierto pero de eso se trata de la anonimidad más absoluta y pobre de vos si se te ocurre intercambiar palabras, frases amables o esos deterioros, porque eran otros tiempos y ni se había oído hablar de peligros más allá de los peligros inminentes y comprensibles y sobre todo deseables, los buscados peligros porque de eso se trata vaya uno a entenderlos, total de peligros está llena la vida, en una noche retomo de mucho regodearse por los andurriales pero poco sustanciosa en lo que a Edouard se refiere, apareció Mark y no en la trastienda de un bar sino simplemente caminando por la calle y Antoine parece que lo abordó aunque ahora te van a decir que fue un encuentro mágico, el uno para el otro, esas cosas, y se lo llevó a la casa y cayó agotado en el colchón sabiamente dispuesto para otros menesteres en el medio del gran estudio de baile, enfrentando la barra y los espejos pero sobre todo la transparente pared de Edouard que estaría esperando impaciente o quizá ya se habría dormido, eso nunca se supo, y Antoine se quedó no más dormido de puro agotado y Edouard no señaló su desaprobación ni nada y así Mark se quedó con ellos y fue lentamente transformándoles el paisaje.

Hasta llegar años más tarde a lo que van a ver ahora que se abren las compuertas

para dejar aparecer la profundidad de la caverna madre

la negrura aterciopelada y densa del gran teatro del mundo

el develar de aquello que nunca debió ni debiera ni saldrá a la luz

la otra máscara de la fantasía,

             que en el espacio de Lara

se inclinaba hacia la infantil sonrisa perversa, la cara oscura de la luna, el lado nunca avisorado hasta ese instante de deslumbramiento acompañado por el rechinar de las pesadas puertas del montacargas deslizándose sobre los rieles

             pero no tanto:

             sólo otra faz de

la imaginación humana donde emerge lo vagamente aterrador e incómodo.

Era el gran teatro privado, sobrecogedor, que los dos muchachos habían ido armando con paciencia de madre para divertir al gran maestro, para distraerlo de sus descoyuntamientos y de su artrosis.

Los demás huéspedes de Lara ya estaban instalados en sillas variopintas, esperando que sucediera algo. Un espectáculo totalmente interior y secreto, porque el viejo de marras, en su enorme cama entre edredones y almohadas persas, oculto tras la mampara, se resistía a manifestarse. Mon ami Pierrot, por favor, le rogaban los muchachos que ya no eran tan muchachos, que no podían disimular las arrugas aún bajo el maquillaje y a las luces mortecinas del lugar. Por favor, cántenos Mon ami Pierrot, le rogaban no por placer sino porque sabían que ésa era la única manera de mantenerlo vivo. Pero el viejo se negaba sin negarse, sin siquiera mover un dedo o parpadear. Qué será de nosotros, suspiraban contritos los muchachos a la cabecera del viejo.

Se les borrarán las arrugas, bailarán de nuevo, harán los fastuosos montajes coreográficos de Edouard que fue un genio en su tiempo, pero ya no puede pedírsele al genio que lo siga siendo para siempre, permítanle no más que deje de ser y perdure, salmodiaba Glenn del otro lado de la mampara, sentado entre el público a la espera de un espectáculo que no habría de producirse.

—Yo no sé qué le estarán exigiendo al pobre viejo ahí en la cama, si total el viejo está acá entre nosotros de todas maneras, dijo alguien.

—Metido en su féretro ambulante, acotó el crítico.

Glenn se dignó aplastarlo con la mirada. El crítico insistió, insensible

—Sí, como metido en ese féretro ambulante, vertical, que los muchachos (una obra de amor, iba diciendo Glenn) que los muchachos le fabricaron para crearle un simulacro de actuación con sólo estar allí sentado, mascullando la letra de Mon ami Pierrot haciendo como quien canta y blandiendo o sacudiendo una rosa medio marchita, fláccida, y todos aplaudíamos.

—Era sublime, seguía Glenn sin prestarle atención al otro. Porque era un acto de amor: los muchachos hacían rodar la casilla de una punta a la otra de la escena, los cambios de luces dentro mismo de la garita o kiosko o taquilla daban sensación de movimiento.

—Con el viejo hierático y apenas musitante, completó el crítico que quería hechos y no bellas insinuaciones patéticas, pensó Roberta, y he aquí el verdadero teatro, también llamado vida, pensó Roberta y sintió el impulso de acariciarlo a Agustín pero se contuvo.

Los muchachos a todo eso habían desistido de apuntalarlo a Edouard pero no querían dejarlo sin su público. Salieron de la zona de misterios al vacío de la escena y empezaron a convocar a la amable concurrencia, de a tres porque el cubículo dormitorio ara mausoleo no tenía cabida para más, tenía sólo cabida para la profusión de kilims y almohadones de tapicería y antiguos incunables y lámparas con pantallas de chaquira.

Casi nadie le miró la cara a Edouard, ni siquiera supieron si tenía los ojos abiertos. Porque al borde de los profusos edredones, al final de sus largas piernas cubiertas, asomaban los finos perfectos pies del viejo, pies jóvenes de bailarín, con las uñas pintadas color azul oscuro con tiernas motitas blancas.

Los muchachos hacen cualquier cosa por distraer al viejo, insistiría más tarde el crítico. Y Roberta se quedaría con esa única imagen de Edouard como un enorme juguete.

Al claro de luna de una luna de neón colgada sobre su cabeza, el gran ballet meister, el amigo del amigo Pierrot, había cerrado los ojos para dormir o tal vez para morirse, respetuoso de sus propios síntomas, respondiendo a lo que se rumoreaba de él y de su agonía. La calma había sido aprovechada por Agustín para refugiarse en un remoto rincón del loft teatro, con la esperanza de correr la misma suerte que el viejo. Aspiraba a irse así nomás, sin una queja, borrándose de este mundo. Expirar, eso quería, exhalar el último suspiro: algo vinculado con el soplo vital, un dejarse ir al otro lado.

La escenografía era propicia. Vigas de madera que alguna vez conocieron la pintura, ahora descascaradas como las descascaradas paredes cubiertas por viejos cortinados para disimular o hacer resaltar el deterioro. Y en esa pieza a lo lejos, la de las mamparas traslúcidas, Edouard muriéndose o en una de esas ya muerto mientras sus ex-jóvenes discípulos, bastante deteriorados a su vez, bailaban en estrecho abrazo frente al vastísimo espejo de marco barroco que duplicaba el espacio enorme de por sí, que duplicaba a la pareja abrazada y las imágenes circundantes del teatro casero y no la reflejaba a Roberta en la otra punta del loft. Roberta charlando animadamente con unos desconocidos como si Agustín no existiera ya en su vida, como si la sombra de una mujer asesinada se hubiera disipado, como si la asesinada no hubiese sido también un poco ella, Roberta.

Agustín apretó los párpados hasta ver luces, Roberta la muerta, se repitió desconcertado ¿y Edwina?

Edwina había sido el nombre de la muerta y ahora lo confundía con el de Roberta. Los nombres, los cuerpos: confundidos. NN, en definitiva. Por favor, no, por favor. En la confusión no podía radicar la respuesta tan buscada y sin embargo se sentía un poquitito más cerca de la respuesta. O del borramiento.

A veces en el otro uno busca matar alguna marca, un símbolo. No por eso debe convertirse en asesino, no tiene por qué matar de muerte verdadera.

A veces uno necesitaría matar esa parte de sí tan propensa a dar muerte

                sin por eso enredarse en la viscosa realidad como en una telaraña.

Matar sin matar, matando. La frase lo tomó de sorpresa, hizo de resorte y lo puso de pie de un salto, como para huir de sí mismo o arrancarse de su propio pellejo. Vacío, quedó mirando con asombro infinito los almohadones que conservaban la forma de su cuerpo. La forma de mi cuerpo la acarreo conmigo, se dijo, y se sintió ajeno a esa idea emergida del más remoto de sus laberintos secretos.

Sintió entonces la necesidad de salirse de ese espacio físico, con todo su pellejo y su cuerpo y sus laberintos a cuestas. Pero para lograrlo tendría que atravesar toda la pampeana desolación que una vez fue escenario de teatro, y pasar frente a Roberta y darle una explicación a Roberta y despedirse y después, después. Meterse en el horrendo montacargas que no sabía manejar, sentarse solo en la ridícula banqueta tapizada de terciopelos, tirar de la cadena en ridículo remedo de inodoro gigante. En su infancia al inodoro lo llamaban el trono. Precisamente. Y sentado en ese trono del derrumbe se vería obligado a tirar la cadena para precipitarse al fondo del abismo donde pertenecía por derecho propio.

Basta. Basta ya de dibujarse con trazo negativo. Lo principal era enfrentarla a Roberta y decirle me voy, me salgo de esta escena.

4.

Agustín puede verla a Roberta del otro lado, donde estaría la boca del escenario de haber un verdadero escenario, más allá de esta penumbra, metida en otra lejana penumbra de tonalidad distinta. Una mancha blanca se le está acercando, la abraza, y Agustín sabe que la mancha es Bill que acaba de llegar, o mejor dicho es su pulóver porque el propio Bill de blanco no tiene nada.

Entonces no puede ir hacia allá. Le han taponado el camino de salida. Se lo han arrebatado, suponiendo que el camino de salida fuera o pasara por Roberta.

No está en los otros el camino de salida, se va aleccionando, no está en los demás, está en el avanzar a tientas por la propia penumbra y encontrar una nueva abertura, está en la imaginación está en la página que hasta hace un rato apenas fue una página en blanco. ¿Dónde no está? No está en la mujer que sólo supo dar vueltas en redondo, ni en un montacargas en descenso, ni en el miedo de sí ni.

Está en el avanzar con las piernas de uno, en el ir tanteando paredes porque desde el otro lado le llega algo así como una música familiar, tranquilizadora.

Tras un cortinado descubre lo que sin saber estaba buscando: el paso a otras latitudes. Como ya nada le sorprende, como estaba siguiendo una huella hecha de sonido, le bastó con apartar los drapeados, atravesar un vano de puerta sin puerta y bajar unos escalones para encontrarse en un salón de paredes blancas, bien iluminado, con plantas y muebles claros y otros elementos del vivir normalmente.

—Hola, lo saludó un hombre que estaba echado sobre un sillón rasgando la guitarra. Hola; pocos se deciden a bajar hasta aquí desde las alturas.

—No mucha altura, no, cinco escalones apenas, contestó Agustín sin darse cuenta de que le estaban hablando en su propio idioma.

—No creas. Son las alturas olímpicas, es el parnaso, qué sé yo, un templo.

—Un mausoleo.

—También. Y yo soy el guardián. A causa de Edouard, el viejo sagrado. Sólo se deja atender por mí. Cosa que explica los cinco escalones. Este es otro edificio, pero abrimos la medianera.

—Se está muriendo.

—Sí. Hace mucho que se está muriendo. Cuando el mal los agarra de viejos el deterioro es muy lento, pero inexorable.

—Así con todos.

—Así con todo.

Y el hombre retomó la guitarra.

Agustín pensó que se había olvidado de él hasta que empezó a reconocer la melodía, a sentirla cada vez más cercana. Con emoción dijo

—Un triste pampeano.

—Sí. Para un pampeano triste.

Tantas cosas pueden saberse a través de las paredes,

de un edificio a otro, pensó Agustín.

—Servite algo, che. Ahí sobre la mesa. Elegí lo que quieras, el hielo está a tu izquierda. Y no, no te estaba esperando, no me mires así, pero cuando hay representación al lado casi siempre cae alguien. Unos más literalmente que otros, a veces alguno se desmorona escalones abajo y entonces sí se necesita un trago para sacarlo del shock. Seré médico pero no reniego de los remedios caseros, más bien todo lo contrario. Y soy uruguayo, viví muchos años en Buenos Aires cuando nos tocó a nosotros refugiarnos del otro lado del charco, y vos tienes una pinta de porteño que mata. Todo esto para contestar tus mudas preguntas. Y tomá asiento, no más, parece que necesitás un sillón y un trago y quizá una buena charla.

Agustín se sentó con el vaso en la mano y con clara conciencia de lo que estaba haciendo: escaparle a Roberta que para su horror o para su pena ya no lo perseguía más, si es que alguna vez lo había perseguido.

No nos hemos presentado, dice el de la guitarra entre acordes. Yo soy Héctor Bravo, chan, chan, dice y dice su guitarra. Soy médico, chin pirlín chin chín. Para servirte.

Y como todos los tangos en que piensa para seguir pulsando el instrumento le parecen un comentario irónico a sus palabras, deja la guitarra de lado y espera. Espera que el visitante le diga y yo soy fulano de tal y se inicie así una conversación amistosa e intrascendente. El visitante calla, el dueño de casa le dice zas, otro problematizado, y como los problemas ajenos son su especialidad y su verdadera vocación —no así la guitarra, apenas un hobby— y como a las dos y media de la mañana ya pueden esperarse muy pocas sorpresas si uno ha optado por quedarse de guardia en casita, empieza a tirarle cabos al visitante para que se vaya aflojando y en una de esas largue su rollo.

Héctor Bravo apoya los pies sobre el vidrio de la mesa ratona, se estira, cruza los brazos detrás de la cabeza en una actitud que le es muy típica y se pone a hablar como quien piensa en voz alta.

—Cuando abrimos ese paso al otro loft, totalmente ilegal, se comprende, quise que el pasillo fuera como un pasaje, un conducto para el nacimiento. Te das cuenta, se viene de las sombras a la luz, de lo oscuro a lo claro —y me esmeré como loco para que aquí todo fuera lo más claro posible—. Pero los otros me mataron el punto, ¿te das cuenta? colgaron ese cortinado peludo, horrendo, y como soy quien más transita por el pasillo, cada vez que voy a verlo al viejo me tengo que abrir paso entre los pelos, pierdo toda poesía y aterrizo en la oscuridad y la telaraña. La cruda realidad, que le dicen. Sólo que aquello como habrás notado no es la realidad sino su simulacro. Te habrás dado cuenta sólo con fijarte un poco: las opacidades son transparentes, los espejos permiten ver a través, las pesadas rocas sobre la escalinata —por llamarla de alguna manera— que conduce a la habitación de Antoine son de telgopor pintado, las marionetas están vivas y ellos no tanto, el gato negro es apenas una proyección, diapositivas que a veces encienden por ahí, contra una falsa ventana o sobre una repisa, para que el viejo crea que su gato Amletto sigue vivo, o al menos que viene a visitarlo en ectoplasma. Nada es lo que aparenta ser y yo cuando subo esos magros escalones siento como si naciera al revés y muchas veces me digo que después de todo esa *es* la realidad. La verdadera, cruda, decepcionante, desgarradora, fluctuante, imaginativa, excitante, puta realidad. Para servir a usted.

Así empezó un juego de fascinaciones transitivas:
el doctor Bravo fascinado con la enfermedad de
Edouard y su lenta agonía; Agustín Palant, a pesar de
sus corcovos, ahora fascinado con Héctor Bravo. Una
sensación que se le fue colando despacito a lo largo de
esas horas que pasaron juntos a la espera de algo muy
indefinido.

Agustín poco a poco fue recuperando una calma
largamente olvidada, y esa vigilia que era de otro, que
no estaba centrada en su angustia, le fue devolviendo
su confianza en el prójimo. De a ratos dormitó, de a
ratos se levantó para servirse otro trago, de a ratos es-
cuchó: las palabras de Héctor, la guitarra de Héctor,
las cassettes de Héctor. Sintió una rara sensación fra-
ternal, un ir retornando al mundo de los humanos, al
de los hombres quizá, a un sitio donde la violencia
tiene una cabida prolija, bien diseñada.

Pensó o soñó con el bisturí del cirujano. Pensó o
soñó con formas geométricas, exactas. Pensó o soñó o
más bien vislumbró a través de los párpados bajos la
naciente claridad del día. Soñó con paredes demasiado
blancas, una luz demasiado radiante golpeándole los
ojos. No era un quirófano, no. Se despertó sobresalta-
do, transpirado. Una pesadilla, le aclaró a Héctor, y
después añadió

—Como un interrogatorio.

—Tomaste demasiado.

—Disculpame.

—Qué te voy a disculpar si a veces es terapéutico.
Hablar también es bueno, si querés.

—En otro momento. Ahora no puedo, tengo que
volver al otro lado, atravesar la pared. Me están esperando y deben de estar preocupados.

—El preocupado eres vos, che. La pared se volvió a cerrar ¿no vés? El pasaje es cosa de la noche. Ahora donde estaba el cortinado hay una biblioteca, y ya no quedan visitas del otro lado. El viejo está durmiendo, no lo vas a molestar ahora. Vamos a dormir nosotros también, podés tirarte sobre ese sofá, ahí tenés una manta. Y después ves.

—Tengo que avisar.

—¿Avisar qué? Ya saben que estás conmigo. Todos conocen el pasaje, no es ningún secreto. No te vas a haber esfumado ¿no?

5.

—Ser médico de un solo paciente, extraño destino. Pero no me quejo. Es muy útil para mi investigación, además me temo que en un tiempo, dos, tres, cinco años, el tiempo de incubación es muy largo, voy a tener otros dos pacientes en la casa de al lado. O más. Suelen traer amigos y algunos se quedan a vivir ahí por un tiempo, como un tal Jack que ya se nos fue. Pero no es ese mi motivo. No convalidé mi título y no puedo ejercer legalmente, de ahí mis largas noches en vela por Edouard. Me siento de vuelta en el hospital, de guardia. Te van a decir muchas cosas de mí. Unas más horribles que otras. Algunas muy horribles. No las creas. No las creas todas, al menos. Ahora dejame acomodarte bien la almohada, te traigo otra manta por si te da frío. Mañana, es decir esta noche, será otro día.

A las siete pm tomaron lo que les divirtió llamar el desayuno y rieron bastante. A la luz de una conciencia más despejada Agustín descubrió que ese Héctor Bravo era un hombre mucho mayor de lo que había supuesto la noche anterior. Lo había creído de su edad o más joven, y ahora se daba cuenta de que esa juventud era engañosa. Lo delataba un cuello arrugado, las manos. Todo el resto no parecía haber llegado a los cuarenta, ¿podría tener veinte años más? La idea le produjo una rara mezcla de confusión y alivio.

—Sos mucho mayor, empezó a decir.

—Mayor, sí. Mucho más mayor de lo que te suponés. Teniente coronel, casi.

Justo el tipo de frase para alarmar a Agustín, sólo que esta vez pudo tomarla como una mala broma. Sonriendo un poquito, de lado, cambió de tema.

—Tengo que llamarla a Roberta.

—¿Tu esposa? ¿Tu bienamada, tu peoresnada, tu media naranja?

—Mi amiga. Mi despiadada y a veces inclemente amiga.

—No es de despreciar, che.

—Me dijo que estaba con un tal Héctor Bravo y ahora estoy más preocupada que antes.

—Let go. Tenés que aprender a cortar el cordón umbilical, dejalo que vaya por su lado. Héctor Bravo. Y bueno. Se dicen muchas cosas de él.

—Le tenía que tocar a Magú.

—No era difícil que le tocara. Vive en el loft pegado

al de Ed. Están conectados y son como las dos caras de la misma moneda. O no. No te asustés y dejalo al otro que haga lo que se le antoje y vos vení conmigo que estamos mejor así.

—Me muero de desesperación, me muero de rabia.

—No jodás y quedate quieta. Quiero sacar ese ojo izquierdo como corresponde. No me digas. Tenés un ojo distinto del otro, dejame hacerte bien el retrato.

—Me prometiste un retrato espiritual. ¿A qué viene ahora tanto realismo?

—Me gusta mirarte, y el ojo es lo más espiritual que tenés, el ojo izquierdo, digo, y te diré que tu Magú

—Nuestro Magú.

—¿De dónde? Digamos que el Magú ése está en buenas manos. Buenísimas manos. En todo caso excelentes para él ¿Cómo te diré?, tipo sumamente contradictorio el tal Héctor Bravo, si es que se llama así, si no es un alias.

—Seudónimo, querrás decir.

—Quiero decir alias, dadas las circunstancias. Tipo contradictorio o quizá no. Lo contradictorio es su fama. O su reputación. Lo que fuera. Unos dicen una cosa de él, otros otra. Otros como Antoine dicen una u otra según les sople el viento. Y el doctor Bravo no desdice a nadie, no intenta aclaraciones o rectificaciones. Eso le da una cierta solidez, y lo que tu, perdón, lo que Magú necesita ahora es solidez. Si no me engaño y no te levantés, quedate quieta aunque sea un ratito más, esperá que pesco bien ese ángulo de la nariz, así, un poco más de costado, así, que cambia la sombra, Héctor Bravo parece que fue tupamaro, o médico o cirujano de los tupas. Y ayudó a muchos a escapar de un hospital militar donde estaban bajo custodia. Gran cirujano y valiente, esa es la leyenda clara. Porque lo que es la oscura también tiene bisturí; lo llaman escalpelo.

Quedate así un instante más. Me dan ganas de besarte, así.

Roberta sonrió apenas, de puro cansada. Y como Bill llevaba ya mucho rato sin ver ni un esbozo de esa sonrisa dejó el block de dibujo, se levantó del piso donde estaba sentado y fue a echarse en el sofá al lado de Roberta, con la cabeza apoyada sobre sus rodillas.

—La leyenda oscura es mejor contarla abrazados. La sé de boca de Antoine en sus más oscuros momentos, la cuenta con deleite y eso la hace más dudosa, improbable. No la creo. Creo más bien que fue tupa, si algo fue. O no fue nada que sería lo más simple. Un vulgar médico uruguayo sin reválida para ejercer acá. El médico privado y secreto de Edouard, ahora metido en investigaciones sobre el Sida y eso lo enaltece. O no. A ver, sacá el brazo, dejame darme vuelta, así, poné la cabeza acá, qué bueno.

—No. Seguime contando lo de la mala reputación.

—Nada de mala, esto tiene una gran reputación. Es sublime.

—No te hagas el gil. La mala reputación del Bravo.

—Ese. Te cuento otro día. Ahora dejame, tengo otro plan.

—¿Todos ustedes son iguales, decime?

—Mujer, quedate quieta. No te levantés, me vas a tirar al suelo.

—Vos también querés tenerme quieta. Que el retrato, que tu cabeza acá, que hoy no te lo digo y mañana quien sabe. Está bien. No tengo por qué pelearme con vos. Me quiero pelear con todo el mundo.

—Es casi Navidad, espíritu de paz, Rob, es lo que hay que tener.

—Tu abuela, como decimos allá en el sur, ¡espíritu de paz! Con Magú nos metimos en una dura pelea y yo al menos voy a emplearme a fondo aunque no sea mi pelea.

—¿Y por qué pelean?

—Por el saber. Por saber, tout court. Y es algo tan personal de Magú, algo quizá inexistente, que me temo estar peleando en la línea de defensa, no más. Tengo que defenderlo de él.

—Ojalá, ojalá, ojalá, ojalá pudiéramos defendernos unos a otros. Con lo difícil que es defenderse a uno mismo. Pero te lo recomiendo, Bobbie, defendete, peleá por vos, salite de esa farsa. Volvé, Roberta, volvé, te perdonamos.

6.

Héctor sabe escuchar. Bravo.

Metido en palabras que tienen lugar y tiempo propios, Agustín Palant va largando su historia. No la teje ni la borda; la deja correr como agüita de manantial, pura en el sentido de no contaminada ni por la censura interna ni por la autocompasión, el terror o la tristeza.

Héctor Bravo no la toca, a la historia de Agustín, sólo con una mínima interjección o un movimiento de cabeza demuestra estar escuchando atentamente. Respira con audible esfuerzo y toda la casa parece acompañarlo, como si el aire estuviese en suspenso, entre paréntesis.

A veces son suspiros que vienen de las paredes y

Agustín no los oye, o al menos no les presta atención aunque por momentos el ritmo de su relato se quiebra —sincopado—.

Agustín y Héctor en los dos extremos del relato, hermanos ahora en el cruce de Tompkins Square, envalentonados con un revólver en el bolsillo (el bochorno de la compra ya ha pasado, queda ahora la prepotencia). Van sin prestar atención a los abordajes.

No eran pedidos, entonces, como podrían ser ahora si estuvieran cruzando ese mismo parque.

Ahora podrían ser manos que se extienden con vasitos de papel reclamando una dádiva, entonces eran garras que vendían, imponían o regalaban (una entrada de teatro) para apropiarse del alma del interpelado.

La respiración —Héctor Bravo, Agustín, las paredes— es como una presencia que puntúa el relato. A veces las pausas se prolongan y Héctor escucha, escucha todas las vibraciones de la casa, oye lo que se dice y lo que no se dice, la palabra buscada por Agustín dentro de la respiración apenas perceptible, que retoma un ritmo normal y Agustín reencuentra la voz para contar de sus dudas al entrar al teatro, ese vasto galpón.

Cuenta de la sopa, y recupera el gusto de la sopa y también su regusto, aquello que queda como una mala marca (esa sopa te repite, hubiera dicho Roberta de mediar circunstancias menos adversas).

Agustín cuenta de su afán, su necesidad dirá de volver a ver a la actriz-cocinera esa misma noche y acompañarla a su casa. Agustín merodea alrededor del teatro —y ese lugar se le ha perdido, ya no sabe dónde queda el teatro ni cuáles son sus alrededores— para poder abordarla (¿para matarla, ya en ese momento? Lo piensa como una probable fatalidad. No lo dice.)

En la respiración ambiente, que Agustín confunde con la propia, hay un leve hiato, un alto. Para retomar su soplo Agustín larga el nombre. Edwina. Sin querer, en tanto tiempo. Y es todo lo que recuerda.

Yo la maté, añade desde esa nebulosa del olvido donde el no-recuerdo constituye una unidad intensa de memoria que cuaja en el instante mismo de meter la mano en el bolsillo y sacar el revólver.

Por vez primera pudo Agustín contarlo todo sin temor a herir susceptibilidades y más importante aún, sin temor a herirse a sí mismo. Que este Héctor Bravo hiciera de la información lo que quisiese. Por su parte él, Agustín Palant, ya estaba del todo hecho y entregado en la información misma y nada de lo que viniera después podría importarle.

Un único resquemor lo asaltó hacia el final del relato. Y no fue miedo a la delación o a la denuncia, sino a la duda de aquél que con tanta maldita serenidad estaba allí escuchándolo.

—¿Acaso no me creés? ¿No creés que te acabo de contar la verdad?

—Por supuesto que te creo. En una de esas no en el mismo plano en el que esperás ser creído, pero claro que te creo. Profundamente. Un moribundo dice ver una luz blanca (muchos la ven) y yo le creo. Otros dicen ver ángeles y yo les creo. Les creo cuando ven hileras de animales o escuchan campanas.

—Sí. Pero no hay ni las tales luces ni ángeles ni nada. Y esos se están muriendo. Yo, en cambio, yo maté ¿entendés? Maté.

—No vengas a pedirme que haga de juez, o de verdugo. Ya no. Te dije que soy médico: yo sólo sé curar, cuando se puede.

—Yo maté sin siquiera pensar que se podía, que iba a matar, maté sin entender por qué ni darme cuenta de nada.

—Y bueno, ya veremos, en una de esas logro darte una mano. Para entender. Sólo eso. Por el momento, servite un trago: mientras se está vivo conviene disfrutar de la vida.

Porque los hay que no van a poder disfrutar más, piensa poniéndose de pie de golpe. Ha escuchado lo otro, la respiración de las paredes, hecha ahora jadeos, estertores. Agustín recién entonces la distingue, separándola de sí

—¿Qué es eso?, casi grita.

—¿No te habías dado cuenta? Es el viejo sagrado. Su agonía ¿no la oís? Tengo un monitor de sonido instalado en su pieza. Desde acá puedo estar atento a sus más mínimos reclamos, sus suspiros. Esta es ahora su forma de llamarme. Me temo que ha llegado el momento.

Fue a buscar su maletín, de cuero con cierre metálico como salido del gabinete del doctor Caligari.

—Te vas.

—Sí, tengo que atender al sublime viejo. Pero no te preocupes, a alguna hora he de volver. Vos quedate, no más, hacé como si estuvieras en tu casa, instalate, ya sabés dónde están las mantas, saqueá lo poco que queda en la heladera. La noche va a ser larga. Voy a pensar en lo que me contaste, si me dan tiempo de pensar. Me temo que. Bueno, no te preocupés. Algo vamos a hacer, y acordate que mientras estamos vivos somos todos inmortales, como dijo ya no sé quien.

Y corrió en pos de los jadeos, desapareciendo por el breve pasillo por el que Agustín había irrumpido en su loft la noche anterior.

7.

Bill la reclamaba a Roberta de vuelta pero ella había logrado convencerlo de que para volver hay que empezar por ir. Para emprender el camino de retorno, cualquiera que éste sea, hay que completar el camino de ida y en lo posible traer algo consigo. Algún elemento como sello de clausura, como borrón. Borrón y cuenta nueva, a dar vuelta la página. Fácil decirlo. Dar vuelta la esquina, por ahora, y la esquina del tiempo y caminar y cruzar de nuevo una frontera y oprimir un cierto timbre al lado de una muy pálida plaquita que no explica nada. Donde Ya Sabés, se llama el lugar para Roberta, porque en última instancia todo es allí tan previsto y previsible.

Roberta ha ido en busca de un texto, ajeno, y ha ido sola. Bill insistió en acompañarla pero fue disuadido. ¿Qué tal si se tomaba en serio el lugar? ¿Qué tal si se le daba por juzgarla, a ella, si le cuestionaba su derecho a meterse en mundos como éste donde sólo va de novelista no más que es, de puro mistificadora?

Agustín había vuelto a llamarla por teléfono, esta vez para decirle que no se preocupara por él —como si ella hubiese estado preocupándose, como si supiese que ella se había estado preocupando— que se quedaba en casa de Héctor Bravo porque aparentemente el viejo Edouard estaba en las últimas —como si el viejo fuera un pariente cercano, si apenas lo habían oteado en su alta cama—. Algo de todo eso sin embargo la había impulsado a transitar las invernales calles en la noche y llegarse hasta esa precisa puerta en pos de unos papeles.

El portero eléctrico zumba. Roberta se siente aliviada: quizá la han reconocido en la pantalla. Empuja la puerta y sube las escaleras. En el primer piso se encuentra ante la sempiterna gorda frente a su muy burocrático escritorio, y se salva de las preguntas o de llenar el formulario porque la gorda la reconoce como la amiga escritora de Ava Taurel quien ya en otra oportunidad ha aterrizado por allí para romper el clima de altas botas negras y tacos aguja con sus horribles botas de calle, de lluvia esta vez y marrones para colmo, qué contrariedad.

Roberta le explica a Baby Jane —y sabe que se llama Baby Jane porque Agustín no pudo dejar de comunicárselo— que está buscando los manuscritos de su amigo depositados en ese lugar por ella misma, que por favor la llame a Ava, que tiene (ella) cierta prisa.

—Te digo lo mismo que le dije al encantito cuando vino: si quieren las carpetas, tienen que encontrarlas. Es como una caza del tesoro. Podés ponerte a buscar, no más. Esta es la regla.

—Regla, ¿qué regla? Sólo quiero que me devuelvan los manuscritos de mi amigo. Yo los traje acá para guardarlos y ahora tengo que llevárselos de vuelta. Nada más.

—Ah, no. Acá todo es muy ordenadito. Regimentado. Las cosas son como las estipulamos nosotras. Si buscás anarquía, si pretendés hacer tu santa voluntad, te hubieras ido a un burdel a esconder tus benditos papeles.

Y Roberta se puso a buscar, no más, abriendo las puertas de los cubículos un poco con asco y otro poco con curiosidad y miedo.

Es un abrir y cerrar puertas casi de inmediato porque allí no pueden estar los manuscritos de Magú, allí sólo está la célebre jaula muy cerca del techo, están los cepos, algunos en uso por desnudos supliciados que parecen pedir más.

Tras la puerta de uno de los cubículos surge el hombre de los ojos vendados, con las tetillas perforadas por argollas. Dos dominadoras lo están preparando y parece que lo van a colgar de las argollas. Roberta se queda clavada en esa escena hasta que oye una risa a sus espaldas. Es Ava, que la arranca de la contemplación y de la muda pregunta: ¿qué sentirán, qué se figurarán o imaginarán o fantasearán los que como yo contemplan estas escenas?

—Reíte, le sopla Ava. El tipo no puede vernos y es bueno que crea que somos muchas, que sepa que tenemos fuerza y nos reímos de él.

—Yo no tengo fuerza y tampoco la quiero, le contesta Roberta cerrando una puerta más, clausurando otra escena. Sólo quiero las cosas de Agustín. Y también quiero cierta información: ¿conocés a un tal Héctor Bravo? Parece que fue torturador.

—Qué va, Héctor Bravo. Es sólo un vampiro de la muerte. Un estudioso de la muerte, dice él. Te imaginás que si hubiera sido torturador ya estaría trabajando para nosotras, lo habríamos rehabilitado.

Y pega media vuelta con la vara de mimbre en la mano, alejándose para retomar sus interrumpidas tareas.

La mirada o quizá las vastas tetas de Baby Jane la empujan a Roberta a abrir otra puerta, la última, cree ella, que tendrá el coraje de enfrentar. Si apenas busca páginas escritas y no un muestrario de la desolación humana.

Quisiera quedarse quieta en ese largo pasillo hecho de puertas cerradas como el pasillo de un hotel enfermo, de un hospital siquiátrico, del teatro mágico del lobo estepario. Quedarse a la espera de algún aterrador esclarecimiento. Pero sabe que debe dar un paso más —siempre hay un paso más que dar cuando se cree haber llegado al límite— y abre una puerta aparentemente inofensiva, detrás de la cual nadie va a hablar del propio deseo sino del deseo demasiado manoseado de los otros.

Lo que allí encuentra podría hacer alarde de una cierta inocencia si no estuviese emplazado en ese preciso entorno. Es el boudoire de ropas femeninas, con su diván cubierto de pieles de zorro, con boas de pluma colgando del perchero art nouveau.

Roberta se anima a entrar, da unos pasos, abre (no sin cierta aprensión, añorando por un instante los agresivos guantes amarillos de goma con que la policía denota su disgusto y miedo por meter manos en ciertas masas —humanas—) el cajón superior de la cómoda, abre el segundo cajón impulsada por los ojos de Baby Jane, urga entre corpiños de encaje y mínimos calzoncitos quizá contaminados que usó y usará la clientela masculina del establecimiento y encuentra por fin lo que estaba buscando.

—Buen olfato, le dice Baby Jane. El tesorito estuvo largo tiempo aquí, sobre este mismo diván, y no encontró nada. Me pregunto por qué.

Con las carpetas de Agustín dentro del bolso, el impermeable forrado de corderito sobre los hombros y las botas marrones bien calzadas, Roberta quisiera salir corriendo de ese lugar y de esa voz. Se equivoca de puerta. Basta ya de equivocarse de puerta, siempre metiéndose donde no le corresponde o donde menos le conviene. Aunque a veces no se mete, la empujan, y quizá una vez más Baby Jane hizo lo suyo para provocar este desplazamiento o inmersión en las zonas ocultas.

De golpe se encuentra no frente a la salida sino frente a la boca del pequeño escenario. En la sala no hay público, pero en escena la gran rueda vertical de madera, instrumento de tortura de la Edad Media, ostenta una mujer semidesnuda amarrada a sus rayos, abierta de brazos y piernas como en el célebre dibujo de Leonardo que ilustra las proporciones áureas. La mujer no representa la armonía sino la espera de algo aterrador y supuestamente delicioso. Un hombre está oficiando. Lleva el torso al aire, pantalones de cuero negro y muñequeras con pinchos. Un atuendo clásico. Con clásica mirada observa a la mujer que espera atada a la rueda. De golpe la hace girar, a la rueda con la mujer atada, y la mujer pega un grito, cabeza abajo. El hombre la reintegra a la posición anterior, sólo por unos instantes, y de nuevo, con gesto seco, hace girar la rueda. Mujer cabeza abajo, la sangre agolpándosele en la cabeza a punto de estallar. El hombre le pega un latigazo y después la consuela. La consuela. Le lame la entrepierna en el centro áureo de su persona, a un costado no más del aro que le perfora los labios de la vulva.

Media vuelta, Roberta. Otra vez media vuelta march pero no puede. Baby Jane como siempre está con toda su mole obstaculizándole la huída.

—¿Por qué se mata?, le pregunta Roberta para abrirse camino.

Baby Jane tiene una única respuesta

—Por el placer.

—¿El placer de matar? ¿Hay placer en matar?

—Por el placer de ser muerto por el otro.

8.

Y sí. Gracias por haberte quedado despierto, es
bueno que lo esperen a uno, a veces; gracias por el café,
creo que prefiero un scotch ahora, está ahí no más, le-
vantá esa tapa; te dije que hicieras como en tu casa, te
hubieras podido ir a dormir en el sofá-cama, como
anoche, pero me alegra encontrarte despierto. Ya pasó
todo, ponele mucho hielo, por favor. Hice lo que pude,
y por suerte estuve allí para darle la mano, de una u
otra forma. Estábamos esperando el momento, me
dejaron solo con él y pude recordarle que la muerte de
un hombre como él que ha vivido plenamente su vida
tiene que ser gozosa. Un hombre que ha sabido ocupar
del todo su lugar, llenarlo con su cuerpo y estirar su
cuerpo al máximo, hacer llegar su cuerpo a todos los
rincones como bailarín que era y como coreógrafo, no
puede morir encogidito, achicharrado. Un hombre
grande como él, un viejo sublime, debía hacerse cargo
plenamente del espacio. En estos momentos, le dije, ¿se
imagina en cuántos escenarios del mundo estarán bailando sus coreografías? Y ahora usted también va a
bailar en todas esas coreografías, en todos todos todos

los escenarios de este mundo y del otro. Cada una de sus partículas va a bailar, bailarán todos sus infinitos átomos por toda la infinita eternidad, esa es la gloria. Estará en cada Consagración de la Primavera que se baile, su coreografía ya es clásica, y usted con ella. Me sentía muy inspirado en ese momento que era el verdadero momento del viejo, y le dije Para no hablar de Coppelia, y él dijo, no, por piedad, no hablemos de Coppelia, Coppelia me tiene podrido, vivimos entre muñecos, me dijo. Y se largó a reír. Yo lo acompañé en la risa todo lo que pude. La risa es ideal para morirse, aunque pocos la logran. Y él se reía pensando en las marionetas de Ratcliff, las múltiples, variadas, desmedidas marionetas de Rat y el triste destino de Rat, hijo adoptivo de una coleccionista loca, criado para ser el mayor marionetero del mundo. Imaginate: a los cinco años le llenaron la casa de marionetas sicilianas, la más amplia colección del mundo, marionetas del siglo XVII, y trajeron después al más grande maestro de Palermo para que le enseñe a manejarlas. Con muñecos diminutos a veces y a veces muñecos más grandes que el propio Rat, el maestro le enseñaba a representar Orlando el Furioso, tirando los hilos desde arriba de la escena, siempre Orlando el Furioso y él sin poder expresar su propia bronca, el maestro haciéndole mover los hilos de marionetas cada vez más grandes y pesadas y usurpadoras del lugar del pibe, imaginate, decía Edouard ya con un hilo de voz como quien tira apenas de otro muñeco. Imaginátelo al pobre bastardo, decía el viejo que de todos modos era hijo de algún oscuro príncipe ruso de innoble linaje. Y al chico para lo único que le sirvió eso de mover tan sutilmente las manos fue para hacerse la puñeta, no me cuentes, de arriba para abajo, de arriba para abajo, se reía y jadeaba y se ahogaba el viejo, y yo pensaba en los otros dos que lo asistían y dónde se habrían metido en ese momento y mejor así, no habrían hecho más que llorar y estorbar y el viejo necesitaba esa risa, un irse yendo en una historia ajena que le iba consumiendo el poco aire que le quedaba. Después calló de golpe y con las mismas lágrimas de la risa de antes dijo Lo mío es patético, ¿por qué me harán hacer papelones de fantoche? Puros papelones, Mon ami Pierrot, patético. No tan así, le dije, es patético y bello al mismo tiempo. Olvide lo patético y quédese sólo con lo bello; usted es ahora un viajero y tiene que viajar liviano. Llévese sólo lo bello, lo alegre. Este va a ser su gran viaje y ¿se acuerda? cuando uno sale de viaje quiere arreglarlo todo a último momento y se enmaraña y se confunde y mete la pata y hace tonterías. Pero cuando sube al avión las cosas caen en su lugar: lo que quedó sin hacer ya no importa, los papelones no existen, los errores tampoco. Todo eso es dejado atrás en el otro país. Uno sólo carga lo bueno y los buenos recuerdos.

Al rato me pidió que me metiera en el horrendo adefesio que los muchachos le habían fabricado para que hiciera su show. El simulador de movimiento. Me pidió que encendiera las luces estroboscópicas de colores y aunque por suerte no había nadie para empujarme de acá para allá, igual me sentí como un boletero detrás de la taquilla. El boletero de la muerte, fijate vos la fina ironía, y salí en cuanto pude y le dije ve, todos somos patéticos, eso nos hace más humanos. La muerte también nos humaniza, le dije con gran esfuerzo porque mi tarea no es fácil y en ese momento me di cuenta de lo mucho que lo quería al viejo. Lo fui a abrazar. Era un ser adorable en toda su poética perversión y su genio. No quería que se me fuera, lo retuve fuerte y después lo largué. No podía reclamarlo, ya; tenía que ayudarlo a irse. Para eso me había estado preparando todos estos meses, años quizá, años con otros y ahora el adorable viejo, siempre con las uñas de los pies pintadas como noche estrellada. El reconocimiento de nuestra propia muerte es lo más humano que tenemos, quise decirle y ya casi no podía oírme. Me hizo acercar muy junto a su cara, otra vez, y me pidió, ya se me estaba yendo, Cantame Au claire, dijo, y yo con la mala voz que tengo y la poca que me quedaba en ese momento me tiré a la pileta, no más, y empecé Au clair de la lune/ mon ami Pierrot/ prête moi ta plume/ pour écrire un mot... El con la mano me hacía a duras penas un gesto de ritornello y yo volvía a empezar, como cinco o seis veces volví a empezar. Era una letanía, una canción de cuna, qué sé yo. Un disco rayado. Hubiera seguido para siempre pero el viejo me apretó suavemente la mano y callé a tiempo para oírle decir

¿Cuál será la palabra que quiere...

y me dejó en suspenso. Sólo después de un larguísimo silencio añadió o suspiró

...escribir?

Y eso fue todo.

9.

Donde Ya Sabés, va repitiéndose Roberta por las calles nevadas, tratando de pisar con cuidado, de no resbalar en los parches de hielo, escarcha finita y traicionera. Cierta vez patinó y fue cayendo oh tan lentamente. Donde Ya Sabés, quizá ellos sepan algo que nosotros ignoramos, fue cayendo tan lentamente sin poder evitarlo y quedó despatarrada, panza arriba como una cucaracha. En Donde Ya Sabés quizá posean el saber que Djuna Barnes intuía, el de Caperucita en la cama con el lobo, quizá ellos allí conozcan o sospechen o busquen el lado sublime del dolor. ¿Tiene el dolor un lado sublime? Se había golpeado malamente la cadera y allí estaba, en la solitaria noche nevada, no ésta sino otra, boca arriba sobre el hielo, sin poder levantarse, sola, y riendo, riendo. Ellos saben o quizá busquen saber en Donde Ya Sabés (pero no), ellos buscan en redondo o creen saber en círculos, repitiéndose; ella en la calle panza arriba entregada de piernas abiertas y boca abierta, riendo, sin poder contenerse. En Donde Ya Sabés hay un marcado ritual hecho a medida, en el verdadero dolor no hay medida, no fue el verdadero dolor en esa caída, cucaracha oscura sobre el blanco limpio de esa nieve virgen, cucaracha oscura calle oscura, solitaria, fue sólo una risa enorme por el querer levantarse y no poder, apoyar una mano y resbalar, no poder levantarse, querer apoyar un pie y resbalar, no poder, en Donde Ya Sabés todos pueden, todos pueden, el contorno exacto de sus fantasías diseñado a pedido: yo quiero que me retuerzan los huevos y los huevos le son retorcidos hasta el límite, como si no hubiera algo más y más distinto, como si el estar vivo no fuera descubrir a cada paso el sueño que se ignora, el inesperado deseo.

Por esta vereda para nada tropical va apoyando cada pie con una certeza hecha para romper la capa de hielo y afirmarse. No siempre es posible. Donde Ya Sabés ha sido dejado atrás. No volverá. Todavía le queda a veces una levísima memoria del dolor de aquel golpe en la cadera. Un punto para el recuerdo de la sorpresa, de la risa provocada por la sorpresa ¿también por el dolor? ¿Queda el dolor y la sorpresa se va, o viceversa? En Donde Ya Sabés probablemente no sepan de estas cosas: los resabios. En Donde Ya Sabés sólo la escenificación de aquello que ni siquiera,

no importa, la nieve cae despacio, es una caricia por esas calles y la gente sale con sus perros y festeja, como con campanitas, mañana domingo habrá sol y con suerte no habrá barrenieves y entonces. Entonces se podrán sacar a relucir los esquíes de fondo y avanzar por la Quinta Avenida, blanca y silenciosa y brillante y más viva que nunca. Un deslizarse fácil, como si no hubiera posibilidad alguna de caída.

Agustín parecía ser hombre de Donde Ya Sabés aunque sólo puso los pies allí enviado por ella. El Castillo de Brujas, lo llamó entonces, para paliar, y lo llamó el Palacio de Espejos Deformantes. Para cada amenaza él tiene un nombre. Tiene también unos manuscritos —sin nombre— que ella, Roberta, tendrá la felicidad de restituirle.

Y a otra cosa mariposa.

Si es que queda alguna posibilidad de cicatriz, de olvido.

Roberta se pone a chiflar bajito la canción que Edouard nunca cantó para ella. Porque hay una luna intensa y al claro de luna al amigo Pierrot se le pide prestada una pluma para escribir un mot. Que bien podría ser mote o sobrenombre o alias o un mot d'esprit que buena falta les hace a todos ellos. El esprit. Eso.

Por suerte Bill la estará esperando con alguna decocción apetitosa o con algún otro elemento apetitoso —lo cocido y lo crudo— que buena falta le hace después de tanto empacho de comidas pesadas, revulsivas.

Decide seguir a pie hasta su sucinta morada. Es un buen camino, y a pesar de lo avanzado de la hora todo tipo de vendedores navideños ofrecen sus mercancías bajo tolditos plásticos. Juguetes, adornos para el árbol, cajas de música, velas rojas y verdes, serpentinas, y en medio de tanta sonriente placidez, uno que vende látigos de cuero trenzado, largos como colas de lagartija.

Roberta le cuenta a Bill de los vendedores callejeros a esa hora de la noche, y de las ganas que tuvo de comprarle un regalo. Un osito de peluche parecido a él, medio nevadito, pero ya los fondos tan escasos y ahora qué.

—No debieras preocuparte, posibilidades no te faltan. Por lo pronto te llamó el crítico de la otra noche para pedirte un cuento erótico. Parece que está preparando una antología. Dice que paga bien, pero le contesté que vos no escribías esa clase de literatura. Contestó que me dejara de embromar, que había ojeado un par de libros tuyos y estaba bien enterado. Mejor que yo, parece. Necesita algo inédito.

—No tengo nada inédito. No estuve escribiendo últimamente. Tendré que ir de vendedora a tu tienda, o buscar otro trabajo por el estilo.

—Como quieras. No tengo ningún enganche especial con las escritoras, y me cae pésimo que críticos con alma de play-boy las llamen al poco tiempo de conocerlas para pedirles lo que sea. Pensándolo bien quiero que te vengas conmigo. No a vender, a vivir en mi territorio. Podríamos decorarlo con gracia. Acá no cabe ni un alfiler más, en mi trastienda podríamos modificar el espacio, armarlo a nuestra medida. Estarías cómoda, ahí; no tendrías que escribir cuentos eróticos a pedido.

—Gran cosa. Si últimamente estuve metida en un cuento erótico tamaño baño. Con ponerlo en palabras, ya me gano los mangos ofrecidos por el crítico. Qué tanto. Con sólo dejar de escribirlo con el cuerpo, y en forma tan vicaria para colmo, con el cuerpo medio acoquinado, erizado, asustado, queriendo salir a las disparadas, sin la más mínima gracia.

Y sin ahorrarle detalles le narro a Bill las últimas escenas de Donde Ya Sabés.

—¿Todas son mujeres? ¿Son todas mujeres las que dominan?

—En su enorme mayoría. Al menos en ese lugar. Creo que para equilibrar aunque más no sea mínimamente la balanza.

Ya es muy tarde. Pero todavía queda un hueco para describir esa memoria de la lejana noche de fiesta, la convocada por la novia añosa, que bien podría resultar la semilla del reclamado cuento erótico

los invitados están despidiéndose, se despide también una joven dominadora profusamente embarazada que parte del brazo de su joven marido. Desde el fondo del público alguien les pregunta, a gritos: ¿El bebé, va a ser dominador o dominado? Dominado, espero, contesta el futuro padre. ¡Entonces que sea varón! le gritan desde el fondo (del alma).

(Ser dominado es lo mejor, dicen ellos siempre tratando de apropiarse de lo ajeno. Es lo mejor, dicen ellos, así somos la encarnación de la fantasía del otro. *Somos* la fantasía).

Roberta termina de contarlo y de editorializarlo y sabe que nunca va a poder escribir esa escena en todo su candor y su espanto. Todo le llega tan mezclado, últimamente, y escribir debiera ser lo contrario de cocinar: un poder separar los ingredientes para entender de qué está hecho el pastel, poniendo acá la harina y allá la manteca y la sal bien lejos del azúcar y en lo posible descartar los venenos.

Pero eso no es escribir ni con el cuerpo ni con la pluma (préstamela) ni es nada; es apenas meterse en la entropía. Es un querer pasar la película para atrás, un querer bajarse del mundo. Piensa en su novela a medio terminar metida en un cajón del fichero. Piensa en ese otro cajón del escritorio donde metió las cartas sin abrir, y quizá alguna la esté invitando a dar una conferencia o a escribir un ensayo.

—Me gusta tu propuesta de vivir en la tienda y olvidarme de tanta hoja garrapateada. Tengo la horrible impresión de que no voy a poder escribir nunca más.

—Por mí. Por lo mucho que leo.

10.

Es hombre para ritos de pasaje, Héctor Bravo, por
eso no puede ni quiere saber nada con el cadáver del
viejo. Ha vuelto a caer la noche y Mark y Antoine se
han apoderado de la escena: como si fuera de día han
dejado corrida la biblioteca que clausura el pasadizo
entre los dos lofts.
—Creo que no voy a pertenecer más al edificio de al
lado. Nunca más ese ámbito para mí.
Agustín como de costumbre quiere saber razones.
—Los otros dos no se van a dejar robar candilejas.
Yo ya cumplí mi cometido, para ellos, y se van a olvidar de mi existencia. No me importa. El viejo tampoco
existe aunque lo estén velando a pocos metros. Lo deben de haber maquillado a rabiar, dijeron que ellos
mismos se encargarían de preparar el cuerpo. Hasta oí
decir que le iban a pintar el ataúd como un huevo de
pascua ruso. Pobre Edouard. Le quitaron toda digni-
dad pero él se divertía con ellos. Y bueno. El corte ya
está dado y yo quedé en esta margen del río. Me va a
hacer bien, confieso. Del edificio de al lado sólo traje la
marioneta Frida. La pedí prestada para vos.
—¿La marioneta? ¿Para mí? ¿Y por qué no una muñeca inflable?
—Me estabas contando tu historia cuando vino la
Gran Interrupción. Puede que Frida nos sirva de nexo.
Acordate lo que se dice de ella. Es también una actriz.
—Andá a cagar, le dice Agustín que tiene la ofensa a
flor de piel.
Está a punto de irse con un portazo, Agustín. A
tiempo se da cuenta de que no tiene dónde, ni tiene
tampoco su abrigo que quedó del otro lado.

—No sé dónde está el límite, intentó disculparse.

—Pero límite hay, y bien definido. Para señalarlo estamos nosotros los tanatólogos, con perdón de la palabreja. Lo que no suele haber es eso que andás buscando: una explicación precisa. Nunca vamos a saber exactamente cómo funciona el mecanismo.

—Como la novela de Roberta, la novela que cuenta Roberta: dos muchachos se refugian en la planta baja de un caserón abandonado mientras por la planta alta anda la asesinada con los sesos al aire y el hacha del delito, buscando venganza. Y lo espantoso es que nunca vamos a saber cómo termina la historia. Se perdió el libro.

—En una de esas no hay tal resolución. Podría tratarse de una novela abierta, no de una novela gótica como parecen creer ustedes. Te voy a repetir un absurdo proverbio chino que le gustaba a Edouard: "nunca aplastes la mosca sobre la cabeza de tu amigo con un hacha".

—Clarísimo.

—Vos necesitás una explicación para cada cosa. Hasta quisiste matar a una mujer en busca de una explicación. Le volaste la tapa de los sesos para saber qué tiene la mujer dentro de la cabeza.

—No quise matarla. No quise. La maté. Sin ningún motivo, sin siquiera darme cuenta. Y pensar que hasta entonces creía tenerlo todo bajo control, pensar que siempre desconfié de las pasiones.

—Ya ves. Edouard te diría que no hay control posible. Sólo pasiones. Era ruso, es cierto; era también un gran sabio. Aflojate, no estés siempre a la defensiva. Ahora matá en vos la presión de esa muerte y no te sientas tan omnipotente. Ya lo dijo el poeta, todos matamos lo que más amamos, etcétera.

—Puras palabras. Yo necesito entenderme, entender

por qué lo hice. Si no me voy a volver loco.

—Te puedo dar un tendal de razones, todas astutas e igualmente válidas, a saber: la mataste porque viste en ella una imagen de tu madre que no te gustó. Una imagen de todas las mujeres, de cierta mujer en particular y no damos nombres. La mataste porque te hizo enfrentar una frustración demasiado insoportable, lejanísima. Porque pretendiste matar en ella tu propia imagen femenina. ¿Ves todo lo que se me ocurre, qué piola soy? Vivimos atorados por sórdidas motivaciones nada esclarecedoras. La mataste porque estabas harto de enfrentar las exigencias femeninas, o las propias. Y eso suponiendo que la hayas matado, porque no podemos estar seguros. ¿Dijiste un tiro a quemarropa, en la sien? Te habría salpicado. No sé. Por ahí no, con un calibre .22. Habría que consultarlo con un experto en balística. No te lo recomiendo y además ¿qué importa después de todo si la mataste realmente o lo soñaste o lo alucinaste o deseaste? Para el caso es lo mismo. La misma impunidad y la misma culpa; decite que fue en defensa propia. Fue sin saberlo, en un estado tercero que no volverá a repetirse. Fue posiblemente el corte necesario para distanciarte de algo en tu pasado para vos muy insoportable.

—Callate. Dejame ir a dormir, me caigo de sueño. No me perturbés más.

—Pensá qué hubo en tu pasado.

—Nada. Nada, y eso es lo aterrador, nada mientras en mi misma casa de departamentos en Buenos Aires se llevaban a otros inquilinos, encapuchados, y no los volvíamos a ver. Nada, cuando unos vinieron a pedirme ayuda y no pude hacer nada ¿qué querés que hiciera? si ni les creía del todo, ni siquiera cuando María Inés

—¿María Inés?

—No importa. No me importa lo que me dijo, ni siquiera sé dónde se fue, ni me acuerdo de ella. Yo no sé nada, sólo sé escribir.

—¿Y escribiste algo sobre todo esto?

El espacio de silencio fue largo.

—Vos creés que yo creo en la escritura catártica.

—Yo sí. Acá está la máquina, no te preocupés por mí. Y en ese cajón tenés papel, agregó, sospechando que iba a quedar en blanco.

En blanco quedó la noche para esos dos, pero no el día. Héctor estaba con el horario cambiado y Agustín se dejó contagiar. El ciclo circadiano, como dicen ahora, pensó, tratando de pasar en limpio mentalmente la retahila de palabras (palabras, palabras) de Héctor Bravo que sólo podían servir de trampolín a otra cosa.

11.

—Murió como decimos nosotros con las botas puestas.

—Es decir con las uñas de los pies pintadas de estrellitas.

Roberta sintió el alivio de no tener que aclarar nada. Lo mejor del encuentro entre ellos dos eran los sobreentendidos a pesar de las diferencias idiomáticas.

Un par de días viviendo en los dominios de Bill y ya

se habían acostumbrado a pasar largos ratos en silencio sin siquiera esperar clientes, a veces escuchando música o fumándose plácidamente un puchito. La gente entraba, navegaba por los estrechos espacios abiertos, husmeaba entre los objetos y a veces hasta compraba algo. Bill cobraba sin hacer comentarios y los habitués no decían este lugar ha cambiado, ha perdido su energía. Se daban cuenta de que la energía se había desplazado, cosa que ocurre constantemente en esa zona del mundo y nadie se desubica o desconcierta porque en esa zona del mundo, en esa ciudad onfálica, todo es desplazamiento y transfiguración y cambio. Cambio y corto.

Roberta no tiene ganas de moverse de la trastienda que Bill ha ordenado o más bien despejado para ella. Se siente en casa, allí donde sólo hay una gran cama de bronce con almohadones antiguos, una mesa, una silla, un caballete. Decorado austero y poco perturbador. Un solo elemento rompe la placidez: los manuscritos de Agustín en prolija pila sobre la mesa, al lado de la tetera y del círculo húmedo dejado por la taza que ella ahora tiene en la mano. No quiere ni acercarse a los dichosos manuscritos, no quiere ni verlos. Si alguna vez pensó que esas páginas encerraban una respuesta ahora está segura de no buscar más respuesta alguna.

Felina ella en esta etapa, se levanta con movimientos de gato y va al mostrador de Bill a elegir el más bello papel de envolver. Desentierra uno negro y plata, con pliegues, reciclado de algún regalo recibido por otro. Encuentra también un moño verde y regresa sin decir palabra a la trastienda. Con prolijidad y esmero envuelve los manuscritos.

Fuera de la vista, fuera de la mente, como dicen por

ahí con cierta displicencia. Ya llegará el momento de pasarle el balurdo —es decir de hacerle el obsequio— a su legítimo dueño.

Sólo flotar ahora en la ambigüedad de las preguntas valiosas que no tienen respuesta concreta.

¿Cuál será la palabra que se escribe con la pluma prestada? parece que preguntó el maestro al morir.

He ahí indagaciones en las que vale la pena demorarse. Echada sobre la alta cama entre viejas puntillas, Roberta se deja llevar por esos derroteros, se deja llevar por los derroteros clásicos y también se pregunta ¿cuál es el sonido de una mano aplaudiendo?

Y aplaudiendo ¿qué?, a esta altura del partido.

Desde su posición semisentada, Roberta mira por la ventana, más allá del caballete y de su propio retrato que le da la espalda. Cada tanto Bill aparece por la trastienda, que poco a poco va adquiriendo espíritu de hogar dulce hogar. Si hasta cuelga un cuadrito.

Bill entra y sale sigiloso como si Roberta estuviera dormida. A veces trae para la decoración elementos que va rescatando de la tienda: una lámpara de pie, una bella fuente, cortinas para la ventana. Roberta a veces le sonríe cuando él toma el lápiz y reanuda el retrato, nunca cuando entra con un nuevo objeto siempre bien elegido. No sonríe de felicidad, Roberta. Va componiendo su imagen como quien quiere meterse en el retrato y borrarse de memorias.

Las cortinas no le impiden ver o adivinar los personajes que pasan por la calle, profusamente arropados, redondos como bultos. Le vienen oleadas de pensamientos sueltos y ella no hace nada por estimularlos ni tampoco por ahuyentarlos. Así se le aparece su vagabundo favorito, el que año tras año aflora con los primeros brotes, cada vez más desgastado pero vivo. ¿En qué túnel perdido se meterá en invierno? El último verano lo vio con un abrigo de piel sobre los hombros: no podía sacárselo de encima para que no se lo robaran, ¿lo tendrá todavía?

Más preguntas revoloteando sin posibilidad alguna de respuesta.

O con indirectas respuestas que llegan por insospechadas vías.

Bill en uno de sus vuelos rasantes por la trastienda le pone a Roberta un gran chal sobre los hombros

—Espero que te guste, es un Paisley auténtico. Una clienta lo detectó en medio del caos y me negué a vendérselo, pensé que era justo para vos.

Roberta maniquí. Siente la necesidad de quedarse al abrigo, inmóvil para siempre, y reconoce las ansias de movimiento implícitas en esa necesidad. O viceversa. Las ganas de quedarse —allí para siempre— no como necesidad pura, primigenia, sino como reacción a sus verdaderas ganas de salir corriendo. Una vez más. Escapar de la trampa.

Bill vuelve a entrar y le dice Hoy voy a cerrar temprano, nos vamos a quedar tranquilos, quiero terminar tu retrato, quiero dibujarte a vos y a todo tu entorno, tus personajes, tus sueños. Quiero conocerte. Sentate en la silla, por favor. Así casi acostada como estás no te veo bien el cuello, te cambia la forma de la cara, parecés un gato. Sentate por favor y volvé a tu expresión alerta.

—Hoy hay cambio de forma, che. No me puedo mover. Hay días o pedazos de días que parecen terminales. Hoy llegué al final, ni un dedo puedo mover, y eso que lo que más me gusta es bailar, como estar dibujando en el aire con las manos. O escribiendo con el cuerpo. ¿Te conté que creía en eso? Nunca supe formularlo bien, pero creo o creía escribir con el cuerpo, con toda mi humanidad. Ahora ni con el cuerpo ni con nada.

—Eso puede llamarse depresión. Sacudite.

—Cierta vez protagonicé un cuento titulado Buscando conchitas se encontró con una pija. Los cuentos con el cuerpo siempre tienen título, no como mis novelas que nunca sé cómo llamarlas y cuando por fin encuentro un título resulta que ya lo ha usado otro.

Quedó callada. No tenía ganas de contar esa mínima historia como una pincelada de tinta china sobre papel húmedo, dibujo con bordes muy poco definidos. Siempre buscando caracoles ella, en las playas, siempre deteniéndose en lo diminuto frente a la devoradora vastedad del mar. Caminaba entre rocas, y había tiernos caracolitos escondidos bajo las piedras, y ella avanzaba y cosechaba. Una roca más allá lo atisbó al hombre, al hombre y a su desbraguetada circunstancia, pero no pudo dar media vuelta y apartarse del posible mal momento. Sólo podía avanzar haciéndose la que no notaba nada, seguir recogiendo caracolitos cada vez más sorprendentes, Gretel en pos de miguitas hacia la casita de fatal mazapán.

Bah. En el fondo nunca pasa nada grave (¿nunca?).

Bill quiso saber, se puso un poco ansioso con el silencio de ella, finalmente recibió un muy sucinto relato de la situación, insistió en conocer el final del cuento y si había cuento.

—No pasó nada. No sé, no presté atención. Ni siquiera supe si era un exhibicionista o un sátiro o un meón o algo por el estilo, quise decirte cómo en ciertos momentos siento que estoy escribiendo con el cuerpo, voy como trazando palabras, poniéndole título y después encarnando la metonimia, el desplazamiento físico.

Impulsada siempre, siempre hacia adelante llevada por un impulso que puede ser suicida, metiéndose en medio de la noche por los andurriales más abyectos, en busca de algo más. Quizá de una salida.

—Dejame que te acompañe, entonces. Podríamos escribir con tu bello cuerpo cierto cuento porno que me tengo pensado. En colaboración.

—Nadie se arriesga a la novela.

—¿Vos te arriesgás?

—Yo tampoco, a la novela, con vos, digo

—Un cuento porno es otra cosa

—Pero ahora no, no. Dame un adelantito por ahora, un beso, el resto lo dejamos para más tarde. Te prometo. Ahora si me muevo tengo que moverme fuera de acá, hacer un mandado. Todavía hay lastre.

—Te estás repitiendo, Rob. No es digno de vos. ¿De nuevo vas a salir corriendo en medio de la noche?

—Son las siete, cuanto más. Si querés a las nueve te encuentro en mi casa. También necesito ir por casa y recuperarme un poco, si me quedo acá me plancho en estos almohadones para siempre.

—¿Para siempre? Vos sos mercurial, móvil. No creo que haya peligro alguno.

12.

Acababan de despertar pasada la medianoche cuando el timbre del portero eléctrico los sacó del ensimismamiento. Héctor salió de su dormitorio para contestar; disimulando su aprensión, pensó Agustín que no podía disimular nada.

Llega Lara, le dijo Héctor, y al rato llegaba no más Lara cargada de novedades

—Se perdieron el entierro del adorado Edouard, fue totalmente emocionante y ecuménico y eso que los sepultureros se negaban de plano a trabajar el día de Navidad. Todo nace nada muere en Navidad, decían ellos, y Antoine tuvo que aceitarlos bien y hacer uso de toda su retórica que no es poca. Les contó la vida de Ed y los Ballets Ruses, les contó de antiguas tradiciones, todas inventadas, por cierto, y les dijo que en Rusia —en tiempos de los zares, claro está, y no de estos asquerosos comunistas de ahora (sic)— en tiempos de los zares era de buen augurio enterrar el día de Navidad. Por lo del ciclo vital, el solsticio de invierno, esas cosas y otras que los chicos fueron agregando porque imaginación no les falta gracias a dios. Buena suerte para todos los allí presentes, y sobre todo para quienes cavan la fosa como quien rotura la madre tierra para sembrar el beneficioso abono del que crecerá más tarde, ya saben, y el abono del arte para colmo, ustedes pueden imaginárselo, los conocen bien a los chicos. Además llevaron botellas de champán y ni una flor, pidieron que nada nada de flores en ese entierro, sólo coronas de muérdago, para conservar el espíritu del momento, y bolas de vidrio, adornos navideños varios, ramas de abeto. Los chicos están mandados a hacer para la pompa. Hasta hubo balalaicas. Unos viejos que añoran las estepas durante el verano en el rincón noreste de Washington Square y el invierno lo deben pasar en naftalina. De la naftalina los sacaron los chicos y se los llevaron al pie de la fosa de Ed. Tocaron con mucho sentimiento, eso sí. Hubo un montonal de gente, todos los bailarines del New York City

Ballet, y muchísimos otros discípulos de Ed ya bastante entrados en años. Hubieran querido bailar pero no pudieron por el frío, abrigos demasiado voluminosos, y además porque no todos tienen la fantasía de Antoine y de Mark, que aquí les mandan una botella de Veuve Clicquot cosecha no sé cuanto que Ed tenía guardada para Héctor en esta muy especial ocasión, dijeron, y también le mandan el cofre de joyas de Ed por expreso pedido del finado. Que cuide sobre todo los anillos de chafalonería, pidieron, los que le fabricaron ellos, eran los favoritos del viejo. Todo eso mandan decir los chicos, que además han clausurado para siempre el paso de comunicación obligándome a enfrentar los rigores climáticos para venir a traerles los envíos. Tengo también algo para Agustín el musitante. Roberta no fue al entierro pero vino a verme como a las ocho, yo también recibo pésames, también soy parte del duelo. Me preguntó como quien no quiere la cosa por Agustín y le dije que pensaba que ustedes dos se habrían ido a la casa de las marionetas. Se me ocurrió porque me la habían pedido prestada a Frida. Entonces Roberta imbuída por el espíritu navideño me dio este precioso y algo pesado paquete para entregárselo a Agustín con moño verde y con todos sus mejores deseos y que le aproveche, según dijo. Y habiendo cumplido mi noble misión de Miguel Strogoff o de boeuf stroganoff o lo que fuere procedo a retirarme no sin antes reclamarla a mi invalorable Frida que espero no haya sido hecha objeto de incalificables tratos, si entienden lo que quiero decir.

Reboleó la bufanda por encima de su hombro como si fuera boa de plumas, tomó su enorme bolso desinflado y se dirigió a la salida. Agustín la atajó en el pasillo

—¿Dónde anda Roberta? La llamo y no contesta, ni

siquiera tiene conectada la máquina.

—Insistí, insistí. Me huelo que un día de estos vuelve a su casa.

13.

"Sorprende el ajustado tempo de este cuento que va desarrollándose con la precisión de una pieza musical. Transgrediendo el encasillamiento de los géneros, ha sido propuesto como obra pornográfica debido quizá al desnudo integral de sus protagonistas, pero por momentos el fino erotismo y el romanticismo imperantes desmienten la propuesta. El juego lingüístico de los coautores —a la vez protagonistas de la obra— es digno de ser tenido en cuenta, así como la constante tensión de estilo que promueve diversos niveles de lectura y amenaza alcanzar la culminación a destiempo. El climax sin embargo es sabiamente controlado, lográndose cimas de insospechada intensidad dialéctica que, aun siendo de corte netamente clásico, casi diríamos arcaico, incorpora sorprendentes modulaciones postmodernistas.

"Analizando focos de canonización y de ruptura, pugnas e inflexiones dentro de la disciplina, podemos discernir un contrapunto de pasiones que opone, contradice, contrasta y finalmente integra los valores semánticos.

"En este texto que va desarrollándose al tiempo de su lecto-escritura cabe destacar la dimensión exploratoria del significante falogocéntrico, deslizándose por encima o por debajo del ambiguo significado de matriz matriarcal.

"La lengua (el lenguaje) llega a ser tomado muy a pecho, y resulta desenfadada la utilización de la onomatopeya y el pleonasmo, sin por eso hacerle asco a bien dosificados usos de expresiones vulgares y vernáculas. La fina sensibilidad de los coautores sortea ripios y no se deja enmarañar demasiado por intrincancias gramaticales y/o lexicográficas, atendiendo a veces el bilingüismo que opera de *shifter* en este texto por demás activo.

"Trátase de un cuento a la vez diáfano y confuso, compenetrado, diríamos, con la problemática del momento. Nos sorprende por su extensión, inusual teniendo en cuenta el género al que pertenece por derecho propio; nos encanta por las aliteraciones e iteraciones perfectamente calibradas que nos distraen de la aparente improvisación, haciéndonos pensar en una elaborada y sabia reescritura.

"Las frecuentes instancias de tono asaz subido resultan incitantes y estéticamente válidas, los engranajes de los diversos tropos funcionan con buen ajuste, aceitados al máximo, sin permitir que los inevitables y hasta deseables desniveles de ritmo y métrica obstaculicen el natural desarrollo de la trama.

"A esta altura el continuo crescendo alcanza el paroxismo, y la lírica del comienzo cede paso a la intensidad creativa, sin fisuras.

"El final estertóreo no puede sorprendernos, pero dentro del marco de esta somera crítica cabe consignar que se trata de un final literariamente feliz, verdadero logro seminal y semántico."

—Nos salió bueno el cuento porno, y eso que los cuerpos estaban ya medio agotados.

—Buenísimo. Lástima que estas escrituras no quedan impresas. Para mandarlo a *Playboy,* digo.

—Una obra maestra del género.

—Eso.

Y se quedaron profundamente dormidos.

Roberta se encuentra en una reunión muy concurrida, conversa, camina, se desplaza entre gente que no conoce o cree no conocer o no reconoce. De golpe, salido de ninguna parte, recibe un impacto en medio de la frente, como un llamado de atención. Empieza a caer muy despacio, despacio, ya está acostada sobre una cama alta o una mesa y frente a ella hay sólo dos sombras. Son dos hombres. Tiene que decirle a uno que lo ama; siempre lo amó y nunca pudo expresarlo. Ha llegado el momento, pero al abrir la boca no son palabras las que salen sino un súbito borbotón de sangre. Sabe que le han pegado un tiro, va a morir y lo peor es irse sin haber dicho lo que ya no podrá ser dicho nunca más. Entonces con enorme esfuerzo estira una mano hacia la sombra elegida, con la esperanza de que el hombre entienda su mensaje, cuando

un sonido, lejanísimo,

empezó a traerla

de regreso

a estas costas.

Despertándose fue, en oleadas, y ciertas olas la cubrían arrojándola de nuevo al mundo de las sombras. El sonido perduraba, persistente. Roberta pudo reconocerse en su cama, entre sus propias sábanas. El sueño todavía con ella, estiró una mano lentamente que siguió un camino sin escollos. ¿Quién sería el elegido, esa sombra?

Estaba sonando el teléfono.

Aromas de café y tostadas la devolvieron a la realidad doméstica, desconcertante, y le señalaron la posición de Bill.

—Contestá vos, le gritó sin poder moverse de la cama.

Bill levantó el tubo en la cocina y enseguida asomó la cabeza para decir

—Es Agustín, tomá el otro teléfono.

No, no, le hizo Roberta sacudiendo el índice. No.

Bill se metió de nuevo en la cocina para cumplir el sencillo pedido. Roberta empezó a hablarle al vacío

—Decile que encontré la palabra. La que se escribe con la pluma prestada. Decile que valiente hallazgo, si no es más que la palabrita de siempre, cuatro letras apenas. Todo tan elemental, tan imposible. Tan fácil y tan difícil y tan manoseada. Decile que la palabra es. No, no le digás nada. Tiene que encontrarla solito, decile.

Bill emergió de la cocina con la bandeja del desayuno

—No te gastés, linda. Ya cortó. Dijo que sólo quería agradecerte. Insistió que te dijera que por fin va a poder enterrar a sus muertos.

—Los muertos que vos matáis

empezó Roberta y se largó a reír.

Bill la miró sin entender. Desde su lado de la barrera idiomática no pudo reconstruír la parte sumergida de la clásica cita gozan de buena salud.

De todos modos Roberta le brindó una versión más acorde con las circunstancias

—Los muertos que vos matáis son fruto de otros crímenes, ajenos.

—Ustedes los novelistas argentinos